U0789381

三言二拍

藏書

珍藏版

孝楠 主编

壹

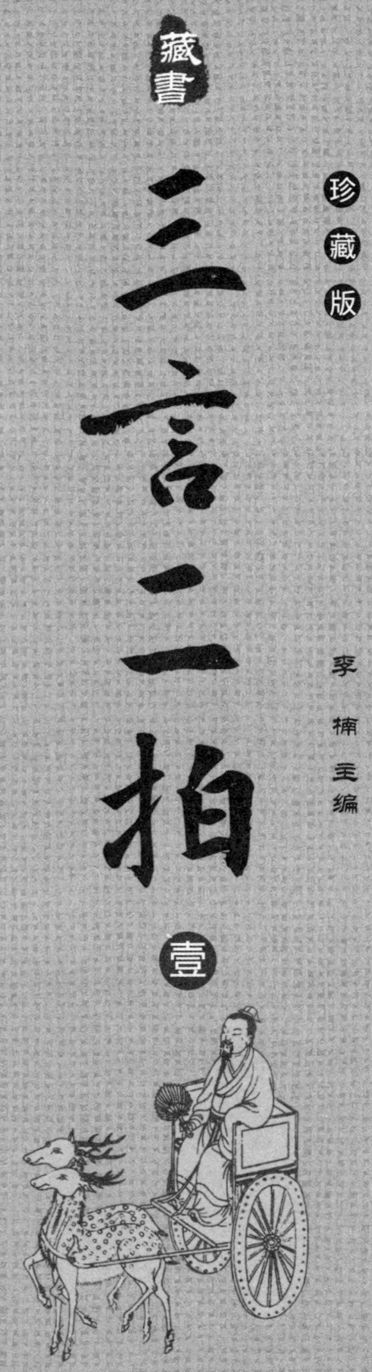

民主与建设出版社

© 民主与建设出版社，2020

图书在版编目（CIP）数据

三言二拍：全八册 /（明）冯梦龙，（明）凌濛初著；李楠主编 . -- 北京：民主与建设出版社，2020.10（2023.8 重印）

ISBN 978-7-5139-3225-7

Ⅰ . ①三… Ⅱ . ①冯… ②凌… ③李… Ⅲ . ①话本小说—小说集—中国—明代 Ⅳ . ① I242.3

中国版本图书馆 CIP 数据核字（2020）第 182633 号

三言二拍
SAN YAN ER PAI

著　　者　（明）冯梦龙　（明）凌濛初
主　　编　李　楠
责任编辑　刘树民
总 策 划　李建华
封面设计　三石工作室
出版发行　民主与建设出版社有限责任公司
电　　话　（010）59417747　59419778
社　　址　北京市海淀区西三环中路 10 号望海楼 E 座 7 层
邮　　编　100142
印　　刷　三河市天润建兴印务有限公司
版　　次　2020 年 10 月第 1 版
印　　次　2023 年 8 月第 2 次印刷
开　　本　787mm × 1092mm　1/16
印　　张　144 印张
字　　数　1060 千字
书　　号　ISBN 978-7-5139-3225-7
定　　价　1380.00 元（全八册）

注：如有印、装质量问题，请与出版社联系

目　录

喻世明言

叙 …………………………………………………………………… 3

第一卷　蒋兴哥重会珍珠衫 …………………………………… 5

第二卷　陈御史巧勘金钗钿 …………………………………… 51

第三卷　新桥市韩五卖春情 …………………………………… 81

第四卷　闲云庵阮三偿冤债 …………………………………… 102

第五卷　穷马周遭际负屈含冤卖䭔媪 ………………………… 122

第六卷　葛令公生遣弄珠儿 …………………………………… 133

第七卷　吴保安弃家赎友 ……………………………………… 144

第八卷　裴晋公义还原配 ……………………………………… 161

第九卷　滕大尹鬼断家私 ……………………………………… 174

第十卷　众名姬春风吊柳七 …………………………………… 201

第十一卷　陈希夷四辞朝命 …………………………………… 216

第十二卷　史弘肇龙虎君臣会 ………………………………… 228

第十三卷　范巨卿鸡黍死生交……………………………………………… 259

第十四卷　单符郎全州佳偶………………………………………………… 268

第十五卷　杨八老越国奇逢………………………………………………… 281

第十六卷　杨谦之客舫遇侠僧……………………………………………… 300

第十七卷　陈从善梅岭失浑家……………………………………………… 320

第十八卷　临安里钱婆留发迹……………………………………………… 336

第十九卷　木绵庵郑虎臣报冤……………………………………………… 374

第二十卷　张舜美灯宵得丽女……………………………………………… 411

第二十一卷　杨思温燕山逢故人…………………………………………… 424

第二十二卷　晏平仲二桃杀三士…………………………………………… 447

第二十三卷　沈小官一鸟害七命…………………………………………… 457

第二十四卷　金玉奴棒打薄情郎…………………………………………… 474

第二十五卷　李秀卿义结黄贞女…………………………………………… 490

第二十六卷　月明和尚度柳翠……………………………………………… 505

第二十七卷　明悟禅师赶五戒……………………………………………… 523

第二十八卷　闹阴司司马貌断狱…………………………………………… 545

第二十九卷　张古老种瓜娶文女…………………………………………… 567

第三十卷　李公子救蛇获称心……………………………………………… 586

第三十一卷　简帖僧巧骗皇甫妻…………………………………………… 597

第三十二卷　宋四公大闹禁魂张…………………………………………… 613

第三十三卷　梁武帝累修成佛……………………………………………… 646

第三十四卷　任孝子烈性为神……………………………………………… 673

第三十五卷　汪信之一死救全家……………………………… 694

第三十六卷　沈小霞相会出师表……………………………… 727

警世通言

叙 …………………………………………………………………… 770

第一卷　俞伯牙摔琴谢知音…………………………………… 772

第二卷　庄子休鼓盆成大道…………………………………… 788

第三卷　王安石三难苏学士…………………………………… 802

第四卷　吕大郎还金完骨肉…………………………………… 819

第五卷　李谪仙醉草吓蛮书…………………………………… 834

第六卷　钝秀才一朝交泰……………………………………… 853

第七卷　老门生三世报恩……………………………………… 869

第八卷　宋小官团圆破毡笠…………………………………… 884

第九卷　玉堂春落难逢夫……………………………………… 911

第十卷　唐解元一笑姻缘……………………………………… 965

第十一卷　白娘子永镇雷峰塔………………………………… 980

第十二卷　宿香亭张浩遇莺莺………………………………… 1020

第十三卷　杜十娘怒沉百宝箱………………………………… 1033

第十四卷　王娇鸾百年长恨…………………………………… 1055

第十五卷　况太守断死孩儿…………………………………… 1081

醒世恒言

叙 ……………………………………………………… 1100

第一卷　两县令竞义婚孤女 …………………………… 1102

第二卷　三孝廉让产立高名 …………………………… 1122

第三卷　卖油郎独占花魁 ……………………………… 1139

第四卷　灌园叟晚逢仙女 ……………………………… 1191

第五卷　钱秀才错占凤凰俦 …………………………… 1219

第六卷　乔太守乱点鸳鸯谱 …………………………… 1248

第七卷　陈多寿生死夫妻 ……………………………… 1279

第八卷　刘小官雌雄兄弟 ……………………………… 1303

第九卷　苏小妹三难新郎 ……………………………… 1328

第十卷　卢太学诗酒傲公侯 …………………………… 1345

第十一卷　李汧公穷邸遇侠客 ………………………… 1385

第十二卷　徐老仆义愤成家 …………………………… 1425

第十三卷　蔡瑞虹忍辱报仇 …………………………… 1452

第十四卷　杜子春三入长安 …………………………… 1486

第十五卷　汪大尹火焚宝莲寺 ………………………… 1517

第十六卷　马当神风送滕王阁 ………………………… 1536

初刻拍案惊奇

拍案惊奇凡例（计五则）……………………………………… 1550

第一卷　转运汉遇巧洞庭红　　波斯胡指破鼍龙壳　　1552

第二卷　姚滴珠避羞惹羞　　郑月娥将错就错……… 1579

第三卷　刘东山夸技顺城门　　十八兄奇踪村酒肆… 1607

第四卷　程元玉店肆代偿钱　　十一娘云岗纵谭侠… 1621

第五卷　乌将军一饭必酬　　陈大郎三人重会……… 1640

第六卷　宣徽院仕女秋千会　　清安寺夫妇笑啼缘　　1658

第七卷　韩秀才乘乱聘娇妻　　吴太守怜才主姻簿… 1672

第八卷　陶家翁大雨留宾　　蒋震卿片言得妇……… 1693

第九卷　卫朝奉狠心盘贵产卷　　陈秀才巧计赚原房　　1711

第十卷　张溜儿熟布迷魂局卷　　陆蕙娘立决到头缘　　1730

第十一卷　丹客半黍九还　　富翁千金一笑………… 1747

第十二卷　李公佐巧解梦中言卷　　谢小娥智擒船上盗… 1769

第十三卷　李克让竟达空函　　刘元普双生贵子…… 1789

第十四卷　钱多处白丁横带卷　　运退时刺史当艄　　1825

第十五卷　大姊魂游完宿愿卷　　小妹病起续前缘　　1845

第十六卷　赵司户千里遗音卷　　苏小娟一诗正果　　1866

第十七卷　通闺闼坚心灯火卷　　闹图圄捷报旗铃… 1882

二刻拍案惊奇

二刻拍案惊奇序……………………………………………………… 1914

小　　引……………………………………………………………… 1916

第一卷　进香客莽看金刚经　　出狱僧巧完法会分　1917

第二卷　小道人一着饶天下　　女棋童两局注终身　1938

第三卷　权学士权认远乡姑　　白孺人白嫁亲生女　1971

第四卷　襄敏公元宵失子　　十三郎五岁朝天……… 1997

第五卷　李将军错认舅　　刘氏女诡从夫……………… 2019

第六卷　吕使君情媾宦家妻　　吴太守义配儒门女… 2040

第七卷　莽儿郎惊散新莺燕　　伥梅香认合玉蟾蜍… 2060

第八卷　硬勘案大儒争闲气　　甘受刑侠女著芳名… 2087

第九卷　赵县君乔送黄柑　　吴宣教干偿白镪……… 2102

第十卷　韩侍郎婢作夫人　　顾提控椽居郎署……… 2129

第十一卷　同窗友认假作真　　女秀才移花接木…… 2153

第十二卷　田舍翁时时经理　　牧童儿夜夜尊荣…… 2187

第十三卷　痴公子狠使噪脾钱　　贤丈人巧赚回头婿　2205

第十四卷　贾廉访赝行府牒　　商功父阴摄江巡…… 2229

第十五卷　徐茶酒乘闹劫新人　　郑蕊珠鸣冤完旧案　2247

第十六卷　懵教官爱女不受报　　穷庠生助师得令终　2265

喻世明言

叙

    史统散而小说兴。始乎周季，盛于唐，而浸淫于宋。韩非、列御寇诸人，小说之祖也。《吴越春秋》等书，虽出炎汉，然秦火之后，著述犹希。迨开元以降，而文人之笔横矣。若通俗演义，不知何昉？按南宋供奉局，有说话人，如今说书之流。其文必通俗，其作者莫可考。泥马倦勤，以太上享天下之养，仁寿清暇，喜阅话本，命内珰日进一帙，当意，则以金钱厚酬。于是内珰辈广求先代奇迹及间里新闻，倩人敷演进御，以怡天颜。然一览辄置，卒多浮沉内庭，其传布民间者，什不一二耳。然如《玩江楼》《双鱼坠记》等类，又皆鄙俚浅薄，齿牙弗馨焉。暨施、罗两公，鼓吹胡元，而《三国志》《水浒》《平妖》诸传，遂成巨观。要以韫玉违时，销熔岁月，非龙见之日所暇也。

皇明文治既郁，靡流不波，即演义一斑，往往有远过宋人者。而或以为恨乏唐人风致，谬矣。食桃者不费杏，缔縠毳锦，惟时所适，以唐说律宋，将有以汉说律唐，以春秋战国说律汉，不至于尽扫羲圣之一画不止！可若何？大抵唐人选言，入于文心；宋人通俗，谐于里耳。天下之文心少而里耳多，则小说之资于选言者少，而资于通俗者多。试今说话人当场描写，可喜可愕，可悲可涕，可歌可舞；再欲捉刀，再欲下拜，再欲决脰，再欲捐金。怯者勇，淫者贞，薄者敦，顽钝者汗下。虽小诵《孝经》《论语》，其感人未必如是之捷且深也。噫！不通俗而能之乎？茂苑野史氏，家藏古今通俗小说甚富，因贾人之请，抽其可以嘉惠里耳者，凡四十种，畀为一刻。余顾而乐之，因索笔而弁其首。

绿天馆主人题

第一卷　蒋兴哥重会珍珠衫

仕至千钟非贵，年过七十常稀，浮名身后有谁知？万事空花游戏。

休逞少年狂荡，莫贪花酒便宜。脱离烦恼是和非，随分安闲得意。

这首词名为《西江月》，是劝人安分守己，随缘作乐，莫为酒、色、财、气四字损却精神，亏了行止。求快活时非快活，得便宜处失便宜。

说起那四字中，总到不得那"色"字利害。眼是情媒，心为欲种。起手时，牵肠挂肚，过后去，丧魄销魂。假如墙花路柳，偶然适兴，无损于事；若是生心设计，败俗伤风，只图自己一时欢乐，却不顾他人的百年恩义，假如你有娇妻爱妾，别人调戏上了，你心下如何？古人有四句道得好：

> 人心或可昧，天道不差移。
>
> 我不淫人妇，人不淫我妻。

看官，则今日听我说《珍珠衫》这套词话，可见果取不爽，好教少年子弟做个榜样。

话中单表一人，姓蒋名德，小字兴哥，乃湖广襄阳府枣阳县人氏。父亲叫做蒋世泽，从小走熟广东做客买卖。因为丧了妻房罗氏，止遗下这兴哥，年方九岁，别无男女。这蒋世泽割舍不下，又绝不得广东的衣食道路，千思百计，无可奈何，只得带那九岁的孩子同行作伴，就教他学些乖巧。这孩子虽则年小，生得：

> 眉清目秀，齿白唇红；行步端庄，言辞敏捷；聪明赛过读书家，伶俐不输长大汉。人人唤做粉孩儿，个个羡他无价宝。

蒋世泽怕人妒忌，一路上不说是嫡亲儿子，只说是内侄罗小官人。原来罗家也是走广东的，蒋家只走得一代，罗家到走过三代了。那边客店牙行，都与罗家世代相识，如自己亲眷一般。这蒋世泽做客，起头也还是丈人罗公领他走起的。因罗家近来屡次遭了屈官司，家道消乏，好几年不曾走动。这些客店牙行见了蒋世泽，那一遍不动问罗家消息，好生牵挂。今番见蒋世泽带个孩子到来，问知是罗家小官人，且是生得十分清秀，应对聪明，想着他祖父三辈交情，如今又是第四辈了，那一个不欢喜。闲话休题。

却说蒋兴哥跟随父亲做客，走了几遍，学得伶俐乖巧，生意行中，百般都会，父亲也喜不自胜。何期到一十七岁上，父亲一病身亡。且喜刚在家中，还不做客途之鬼，兴哥哭了一场，免不得揩干泪眼，整理大事。殡殓之外，做些功德超度，自不必说。七七四十九日内，内外宗亲都来吊孝。本县有个王公，正是兴哥的新岳丈，也来上门祭奠，少不得蒋门亲戚陪侍叙话。中间说起兴哥少年老成，这般大事，亏他独力支持。因话随话间，就有人撺掇道："王老亲翁，如今令爱也长成了，何不乘凶完配，教他夫妇作伴，也好过日。"王公未肯应承，当日相别去了。众亲戚等安葬事毕，又去撺掇兴哥。兴哥初时也不肯，却被撺掇了几番，自想孤身无伴，只得应允。央原媒人往王家去说，王公只是推辞，说道："我家也要备些薄薄妆奁，一时如何来得？况且孝未期年，于礼有碍，便要成亲，且待小祥之后再议。"媒人回话，兴哥见他说得正理，也不相强。

　　光阴如箭，不觉周年已到。兴哥祭过了父亲灵位，换去粗麻衣服，再央媒人王家去说，方才依允。不隔几日，六礼完备，娶了新妇进门。有《西江月》为证：

　　　　孝幕翻成红幕，色衣换去麻衣。画楼结彩烛光辉，合卺花筵齐备。

　　　　那美妆奁富盛，难求丽色娇妻。今宵云雨足欢娱，来日人称恭喜。

　　说这新妇是王公最幼之女，小名唤做三大儿；因他是七月七日生的，又唤做三巧儿。王公先前嫁过的两个女儿，都是出色标致的。枣阳县中，人人称羡，造出四句口号，道是：

　　　　天下妇人多，王家美色寡。

　　　　有人娶着他，胜似为驸马。

　　常言道："做买卖不着，只一时；讨老婆不着，是一世。"若干官宦大户人家，单拣门户相当，或是贪他嫁资丰厚，不分皂白，定了亲事。后来娶下一房奇丑的媳妇，十亲九眷面前，出来相见，做公婆的好没意思。又且丈夫心下不喜，未免私房走野。偏是丑妇极会管老公，若是一般见识的，便要反目；若使顾惜体面，让他一两遍，他就做大起来。有此数般不妙，所以蒋世泽闻知王公惯生得好女儿，从小便送过财礼，定下他幼女与儿子为婚。今日取过门来，果然娇姿艳质，说起来，比他两姐儿加倍标致。正是：

吴宫西子不如，楚国南威难赛。

若比水月观音，一样烧香礼拜。

蒋兴哥人才本自齐整，又娶得这房美色的浑家，分明是一对玉人，良工琢就，男欢女爱，比别个夫妻更胜十分。三朝之后，依先换了些浅色衣服，只推制中不与外事，专在楼上与浑家成双捉对，朝暮取乐，真个行坐不离，梦魂作伴。自古苦日难熬，欢时易过，暑往寒来，早已孝服完满，起灵除孝，不在话下。

兴哥一日间想起父亲存日广东生理，如今耽搁三年有余了，那边还放下许多客帐，不曾取得。夜间与浑家商议，欲要去走一遭。浑家初时也答应道该去，后来说到许多路程，恩爱夫妻，何忍分离？不觉两泪交流。兴哥也自割舍不得，两下凄惨一场，又丢开了。如此已非一次。光阴荏苒，不觉又捱过了二年。那时兴哥决意要行，瞒过了浑家，在外面暗暗收拾行李。拣了个上吉的日期，五日前方对浑家说知，道："常言'坐吃山空'，我夫妻两口，也要成家立业，终不然抛了这行衣食道路？如今这二月天气，不寒不暖，不上路更待何时？"浑家料是留他不住了，只得问道："丈夫此去几时可回？"兴哥道："我这番出外，甚不得已，好歹一年便回，宁可第二遍多去几时罢了。"浑家指着楼前一棵椿树道："明年此树发芽，便盼着官人回也。"说罢，泪下如雨。兴哥把衣袖替他揩拭，不觉自己眼泪也挂下来。两下里怨离惜别，分外恩情，一言难尽。

到第五日，夫妇两个啼啼哭哭，说了一夜的说话，索性不睡了。五更时分，兴哥便起身收拾，将祖遗下的珍珠细软，都交付与浑家收管。自己只带得本钱银两、帐目底本及随身衣服、铺陈之类，又有预备下送礼的人事，都装叠得停当。原有两房家人，只带一个后生些的去，留一个老成的在家，听浑家使唤，买办日用。两个婆娘，专管厨下。又有两个丫头，一个叫晴云，一个叫暖雪，专在楼中伏侍，不许远离。分付停当了，对浑家说道："娘子耐心度日。地方轻薄子弟不少，你又生得美貌，莫在门前窥瞰，招风揽火。"浑家道："官人放心，早去早回。"两下掩泪而别。正是：

世上万般哀苦事，无非死别与生离。

兴哥上路，心中只想着浑家，整日的不瞅不睬。不一日，到了广东地方，下了客店。这伙旧时相识，都来会面，兴哥送了些人事。排家的治酒接风，一连半月二十日，不得空闲。兴哥在家时，原是淘虚了的身子，一路受些劳碌，到此未免饮食不节，得了个疟疾。一夏不好，秋间转成水痢。每日请医切脉，服药调治，直延到秋尽，方得安痊。把买卖都耽搁了，眼见得一年回去不成。正是：

> 只为蝇头微利，抛却鸳被良缘。

兴哥虽然想家，到得日久，索性把念头放慢了。

不题兴哥做客之事。且说这里浑家王三巧儿，自从那日丈夫分付了，果然数月之内，目不窥户，足不下楼。光阴似箭，不觉残年将尽，家家户户，闹轰轰的暖火盆，放爆竹，吃合家欢耍子。三巧儿触景伤情，思想丈夫，这一夜好生凄楚！正合古人的四句诗，道是：

> 腊尽愁难尽，春归人未归。
>
> 朝来嗔寂寞，不肯试新衣。

明日正月初一日，是个岁朝。晴云、暖雪两个丫头，一力劝主母在前楼去看看街坊景象。原来蒋家住宅前后通连的两带楼房，第一带临着大街，第二带方做卧室，三巧儿闲常只在第二带中坐卧。这一日被丫头们撺掇不过，只得从边厢里走过前楼，分付推开窗子，把帘儿放下，三口儿在帘内观看。这日街坊上好不闹杂！三巧儿道："多少东行西走的人，偏没个卖卦先生在内！若有时，唤他来卜问官人消息也好。"晴云道："今日是岁朝，人人要闲耍的，那个出来卖卦？"暖雪叫道："娘限在我两个身上，五日内包唤一个来占卦便了。"

到初四日早饭过后，暖雪下楼小解，忽听得街上当当的敲响。响的这件东西，唤做"报君知"，是瞎子卖卦的行头。暖雪等不及解完，慌忙检了裤腰，跑出门外，叫住了瞎先生。拨转脚头，一口气跑上楼来报知主母。三巧儿分付，唤在楼下坐启内坐着，计他课钱，通陈过了，走下楼梯，听他剖断。那瞎先生占成一卦，问："是何用？"那时厨下两个婆娘，听得热闹，也都跑将来了，替主母传语道："这卦是问行人的。"瞎先生道："可是妻问夫么？"婆娘道："正是。"先生道："青龙治世，财爻发动。若是妻问夫，行人在半途，金帛千箱有，风波一点无。青龙属木，木旺于春，立春前后，已动身了。月尽月初，必然回家，更兼十分财采。"三巧儿叫买办的，把三分银子打发他去，欢天喜地，上楼去了。真所谓"望梅止渴""画饼充饥"。

　　大凡人不做指望，倒也不在心上；一做指望，便痴心妄想，时刻难过。三巧儿只为信了卖卦先生之语，一心只想丈夫回来，从此时常走向前楼，在帘内东张西望。直到二月初旬，椿树抽芽，不见些儿动静。三巧儿思想丈夫临行之约，愈加心慌；一日几遍，向外探望。也是合当有事，遇着这个俊俏后生。正是：

　　　　有缘千里能相会，无缘对面不相逢。

　　这个俊俏后生是谁？原来不是本地，是徽州新安县人氏；姓陈，名商，小名叫做大喜哥，后来改口呼为大郎；年方二十四岁，且是生得一表人物，虽胜不得宋玉、潘安，也不在两人之下。这大郎也是父母双亡，凑了二三千金本钱，来走襄阳贩籴些米豆之类，每年常走一遍。他下处自在城外，偶然这日进城来，要到大市街汪朝奉典铺中问个家信。那典铺正在蒋家对门，因此经过。你道怎生打扮？头上带一顶苏样的百柱骔帽，身上穿一件鱼肚白的湖纱道袍，又恰好与蒋兴哥平昔穿着相像。三巧儿远远瞧见，只道是他丈夫回了，揭开帘子，定睛而看。陈大郎抬头，望见楼上一个年少的美妇人，目不转睛的，只道心上欢喜了他，也对着楼上丢个眼色。谁知两个都错认了。三巧儿见不是丈夫，羞得两颊通红，忙忙把窗儿拽转，跑在后楼，靠着床沿上坐地，兀自心头突突的跳一个不住。谁知陈大郎的一片精魂，早被妇人眼光儿摄上去了。回到下处，心心念念的放他不下，肚里想着："家中妻子，虽是有些颜色，怎比得妇人一半！欲待通个情款，争奈无门可入。若得谋他一宿，就消花这些本钱，也不枉为人在世。"叹了几口气，忽然想起大市街东巷，有个卖珠子的薛婆，曾与他做过交易。这婆子能言快语，况且日逐串街走巷，那一家不认得，须是与他商议，定有道理。

这一夜番来覆去，勉强过了。次日起个清早，只推有事，讨些凉水梳洗，取了一百两银子，两大锭金子，急急的跑进城来。这叫做：

欲求生受用，须下死工夫。

陈大郎进城，一径来到大市街东巷，去敲那薛婆的门。薛婆蓬着头，正在天井里拣珠子，听得敲门，一头收过珠包，一头问道："是谁？"才听说出"徽州陈"三字，慌忙开门请进，道："老身未曾梳洗，不敢为礼了。大官人起得好早！有何贵干？"陈大郎道："特特而来，若迟时，怕不相遇。"薛婆道："可是作成老身出脱些珍珠首饰么？"陈大郎道："珠子也要买，还有大买卖作成你。"薛婆道："老身除了这一行货，其余都不熟惯。"陈大郎道："这里可说得话么？"薛婆便把大门关上，请他到小阁儿坐着，问道："大官人有何分付？"大郎见四下无人，便向衣袖里摸出银子，解开布包，摊在桌上，道："这一百两白银，干娘收过了，方才敢说。"婆子不知高低，那里肯受。大郎道："莫非嫌少？"慌忙又取出黄灿灿的两锭金子，也放在桌上，道："这十两金子，一并奉纳。若干娘再不收时，便是故意推调了。今日是我来寻你，非是你来求我。只为这桩大买卖，不是老娘成不得，所以特地相求。便说做不成时，这金银你只管受用。终不然我又来取讨，日后再没相会的时节了。我陈商不是恁般小样的人！"

看官，你说从来做牙婆的那个不贪钱钞？见这般黄白之物，如何不动火？薛婆当时满脸堆下笑来，便道："大官人休得错怪，老身一生不曾要别人一厘一毫不明不白的钱财。今日既承大官人分付，老身权且留下；若是不能效劳，依旧奉纳。"说罢，将金锭放银包内，一齐包起，叫声："老身大胆了。"拿向卧房中藏过，忙趋出来，道："大官人，老身且不敢称谢，你且说甚么买卖，用着老身之处？"大郎道："急切要寻一件救命之

宝，是处都无，只大市街上一家人家方有，特央干娘去借借。"婆子笑将起来道："又是作怪！老身在这条巷住过二十多年，不曾闻大市街有甚救命之宝。大官人你说，有宝的还是谁家？"大郎道："敝乡里汪三朝奉典铺对门高楼子内是何人之宅？"婆子想了一回，道："这是本地蒋兴哥家里，他男子出外做客，一年多了，止有女眷在家。"大郎道："我这救命之宝，正要问他女眷借借。"便把椅儿掇近了婆子身边，向他诉出心腹，如此如此。婆子听罢，连忙摇首道："此事大难！蒋兴哥新娶这房娘子，不上四年，夫妻两个如鱼似水，寸步不离。如今没奈何出去了，这小娘子足不下楼，甚是贞节。因兴哥做人有些古怪，容易嗔嫌，老身辈从不曾上他的阶头。连这小娘子面长面短，老身还不认得，如何应承得此事？方才所赐，是老身薄福，受用不成了。"陈大郎听说，慌忙双膝跪下。婆子去扯他时，被他两手拿住衣袖，紧紧按定在椅上，动掸不得。口里说："我陈商这条性命，都在干娘身上。你是必思量个妙计，作成我入马，救我残生。事成之日，再有白金百两相酬；若是推阻，即今便是个死。"慌得婆子没理会处，连声应道："是，是！莫要折杀老身，大官人请起，老身有话讲。"

陈大郎方才起身，拱手道："有何妙策，作速见教。"薛婆道："此事须从容图之，只要成就，莫论岁月。若是限时限月，老身决难奉命。"陈大郎道："若果然成就，便迟几日何妨。只是计将安出？"蒋婆道："明日不可太早，不可太迟，早饭后，相约在汪三朝奉典铺中相会，大官人可多带银两，只说与老身做买卖，其间自有道理。若是老身这两只脚跨进得蒋家门时，便是大官人的造化。大官人便可急回下处，莫在他门首盘桓，被人识破，误了大事。讨得三分机会，老身自来回复。"陈大郎道："谨依尊命。"唱了个肥喏，欣然开门而去。正是：

> 未曾灭项兴刘，先见筑坛拜将。

当日无话。到次日，陈大郎穿了一身齐整衣服，取上三四百两银子，放在个大皮匣内，唤小郎背着，跟随到大市街汪家典铺来。瞧见对门楼窗紧闭，料是妇人不在，便与管典的拱了手，讨个木凳儿坐在门前，向东而望。不多时，只见薛婆抱着一个篾丝箱儿来了。陈大郎唤住，问道："箱内何物？"薛婆道："珠宝首饰，大官人可用么？"大郎道："我正要买。"薛婆进了典铺，与管典的相见了，叫声咶噪，便把箱儿打开。内中有十来包珠子，又有几个小匣儿，都盛着新样簇花点翠的首饰，奇巧动人，光灿夺目。陈大郎拣几吊极粗极白的珠子，和那些簪珥之类，做一堆儿放着，道："这些我都要了。"婆子便把眼儿瞅着，说道："大官人要用时尽用，只怕不肯出这样大价钱。"陈大郎已自会意，开了皮匣，把这些银两白华华的摊做一台，高声的叫道："有这些银子，难道买你的货不起。"此时，邻舍闲汉已自走过七八个人，在铺前站着看了。婆子道："老身取笑，岂敢小觑大官人。这银两须要仔细，请收过了，只要还得价钱公道便好。"两下一边的讨价多，一边的还钱少，差得天高地远。那讨价的一口不移；这里陈大郎拿着东西，又不放手，又不增添，故意走出屋檐，件件的翻覆认看，言真道假、弹斤估两的在日光中的烜耀，惹得一市人都来观看，不住声的有人喝采。婆子乱嚷道："买便买，不买便罢，只管耽搁人则甚？"陈大郎道："怎么不买？"两个又论了一番价。正是：

> 只因酬价争钱口，惊动如花似玉人。

王三巧儿听得对门喧嚷，不觉移步前楼，推窗偷看。只见珠光闪烁，宝色辉煌，甚是可爱。又见婆子与客人争价不定，便分付丫鬟去唤那婆子，借他东西看看。晴云领命，走过街去，把薛婆衣袂一扯，道："我家娘请你。"婆子故意问道:"是谁家?"晴云道:"对门蒋家。"婆子把珍珠之类,劈手夺将过来,忙忙的包了,道:"老身没有许多空闲与你歪缠!"陈大郎道:"再添些卖了罢。"婆子道:"不卖,不卖!像你这样价钱,老身卖去多时了。"一头说,一头放入箱儿里,依先关锁了,抱着便走。晴云道:"我替你老人家拿罢。"婆子道:"不消。"头也不回,径到对门去了。陈大郎心中暗喜,也收拾银两,别了管典的,自回下处。正是:

眼望捷旌旗,耳听好消息。

晴云引薛婆上楼,与三巧儿相见了。婆子看那妇人,心下想道:"真天人也,怪不得陈大郎心迷;若我做男子,也要浑了。"当下说道:"老身久闻大娘贤慧,但恨无缘拜识。"三巧儿问道:"你老人家尊姓?"婆子道:"老身姓薛,只在这里东巷住,与大娘也是个邻里。"三巧儿道:"你方才这些东西,如何不卖?"婆子笑道:"若不卖时,老身又拿出来怎的?只笑那下路客人,空自一表人才,不识货物。"说罢便去开了箱儿,取出几件簪珥,递与那妇人看,叫道:"大娘,你道这样首饰,便工钱也费多少!他们还得忒不像样,教老身在主人家面前,如何告得许多消乏?"又把几串珠子提将起来道:

“这般头号的货，他们还做梦哩。”三巧儿问了他讨价还价，便道：“真个亏你些儿。”婆子道：“还是大家宝眷，见多识广，比男子汉眼力到胜十倍。”三巧儿唤丫鬟看茶。婆子道：“不扰茶了。老身有件要紧的事，欲往西街走走，遇着这个客人，缠了多时，正是：买卖不成，担误工程。这箱儿连锁放在这里，权烦大娘收拾，老身暂去，少停就来。”说罢便走。三巧儿叫晴云去送他下楼，出门向西去了。

三巧儿心上爱了这几件东西，专等婆子到来酬价。一连五日不至。到第六日午后，忽然下一场大雨，雨声未绝，砰砰的敲门声响。三巧儿唤丫鬟开看，只见薛婆衣衫半湿，提个破伞进来，口儿道：

> 晴干不肯走，直待雨淋头。

把伞儿放在楼梯边，走上楼来万福道：“大娘，前晚失信了。”三巧儿慌忙答礼道：“这几日在那里去了？”婆子道：“小女托赖，新添了个外孙，老身去看看，留住了几日，今早方回。半路上下起雨来，在一个相识人家借得把伞，又是破的，却不是晦气！”三巧儿道：“你老人家几个儿女？”婆子道：“只一个儿子，完婚过了。女儿到有四个，这是我第四个了，嫁与徽州朱八朝奉做偏

房，就在这北门外开盐店的。"三巧儿道："你老人家女儿多，不把来当事了。本乡本土少什么一夫一妇的，怎舍得与异乡人做小？"婆子道："大娘不知，到是异乡人有情怀，虽则偏房，他大娘子只在家里，小女自在店中，呼奴使婢，一般受用。老身每遍去时，他当个尊长看待，更不怠慢。如今养了个儿子，愈加好了。"三巧儿道："也是你老人家造化，嫁得着。"说罢，恰好晴云讨茶上来，两个吃了。婆子道："今日雨天没事，老身大胆，敢求大娘的首饰一看，看些巧样儿在肚里也好。"三巧儿道："也只是平常生活，你老人家莫笑话。"就取一把钥匙，开了箱笼，陆续搬出许多钗钿缨络之类。薛婆看了，夸美不尽，道："大娘有恁般珍异，把老身这几件东西，看不在眼了。"三巧儿道："好说，我正要与你老人家请个实价。"婆子道："娘子是识货的，何消老身费嘴。"三巧儿把东西检过，取出薛婆的篾丝箱儿来，放在桌上，将钥匙递与婆子道："你老人家开了，检看个明白。"婆子道："大娘忒精细了。"当下开了箱儿，把东西逐件搬出。三巧儿品评价钱，都不甚远。婆子并不争论，欢欢喜喜的道："恁地，便不枉了人。老身就少赚几贯钱，也是快活的。"三巧儿道："只是一件，目下凑不起价钱，只好现奉一半。等待我家官人回来，一并清楚，他也只在这几日回了。"婆子道："便迟几日，也不妨事。只是价钱上相让多了，银水要足纹的。"三巧儿道："这也小事。"便把心爱的几件首饰及珠子收起，唤晴云取杯见成酒来，与老人家坐坐。婆子道："造次如何好搅扰？"三巧儿道："时常清闲，难得你老人家到此作伴扳话。你老人家若不嫌怠慢，时常过来走走。"婆子道："多谢大娘错爱，老身家里当不过嘈杂，像宅上又忒清闲了。"三巧儿道："你家儿子做甚生意？"婆子道："也只是接些珠宝客人，每日的讨酒讨浆，刮的人不耐烦。老身亏杀各宅们走动，在家时少，还好。若只在六尺地上转，怕不燥死了人。"三巧儿道："我家与你相近，不耐烦时，就过来闲话。"婆子道："只不敢频频打搅。"三巧儿道："老人家说那里话。"只见两个丫鬟轮番的走动，摆了两副杯箸，两碗腊鸡，两碗腊肉，两碗鲜鱼，连果碟素菜，共一十六个碗。婆子道："如何盛设！"三巧儿道："见成的，休怪怠慢。"说罢，斟酒递与婆子，婆子将杯回敬，两下对坐而饮。原来三巧儿酒量尽去得，那婆子又是酒壶酒瓮，吃起酒来，一发相投了，只恨会面之晚。那日直吃到傍晚，刚刚雨止，婆子作谢要回。三巧儿又取出大银钟来，劝了几钟。又陪他吃了晚饭。说道："你老人再宽坐一时，我将这一半价钱付你去。"婆子道："天晚了，大娘请自在，不争这一夜儿，明日却来领罢。连这篾丝箱儿，老身也不拿去了，省得路上泥滑滑的不好走。"三巧儿道："明日专专望你。"婆子作别下楼，取了破伞，出门去了。正是：

世间只有虔婆嘴，哄动多多少少人。

却说陈大郎在下处呆等了几日，并无音信。见这日天雨，料是婆子在家，拖泥带水的进城来问个消息，又不相值。自家在酒肆中吃了三杯，用了些点心，又到薛婆门首打听，只是未回。看看天晚，却待转身，只见婆子一脸春色，脚略斜的走入巷来。陈大郎迎着他，作了揖，问道："所言如何？"婆子摇手道："尚早。如今方下种，还没有发芽哩。再隔五六年，开花结果，才到得你口。你莫在此探头探脑，老娘不是管闲事的。"陈大郎见他醉了，只得转去。

次日，婆子买了些时新果子、鲜鸡、鱼、肉之类，唤个厨子安排停当，装做两个盒子；又买一瓮上好的酽酒，央间壁小二挑了，来到蒋家门首。三巧儿这日不见婆子到来，正教晴云开门出来探望，恰好相遇。婆子教小二挑在楼下，先打发他去了。晴云已自报知主母。三巧儿把婆子当个贵客一般，直到楼梯口边迎他上去。婆子千恩万谢的福了一回，便道："今日老身偶有一杯水酒，将来与大娘消遣。"三巧儿道："到要你老人家赔钞，不当受了。"婆子央两个丫鬟搬将上来，摆做一桌子。三巧儿道："你老人家忒迂阔了，恁般大弄起来。"婆子笑道："小户人家，备不出甚么好东西，只当一茶奉献。"晴云便去取杯箸，暖雪便吹起水火炉来。霎时酒暖，婆子道："今日是老身薄意，还请大娘转坐客位。"三巧儿道："虽然相扰，在寒舍岂有此理？"两下谦让多时，薛婆只得坐了客席。

这是第三次相聚，更觉熟分了。饮酒中间，婆子问道："官人出外好多时了还不回，亏他撇得大娘下。"三巧儿道："便是，说过一年就转，不知怎地耽搁了。"婆子道："依老身说，放下了恁般如花似玉的娘子，便博个堆金积玉也不为罕。"婆子又道："大凡走江湖的人，把客当家，把家当客。比如我第四个女婿朱八朝奉，有了小女，朝欢暮乐，那里想家？或三年四年，才回一遍。住不上一两个月，又来了。家中大娘子替他担孤受寡，那晓得他外边之事？"三巧儿道："我家官人倒不是这样人。"婆子道:"老身只当闲话讲,怎敢将天比地?"当日两个猜谜掷色,吃得酩酊而别。

第三日,同小二来取家火,就领这一半价钱。三巧儿又留他吃点心。从此以后,把那一半赊钱为由,只做问兴哥的消息,不时行走。这婆子俐齿伶牙,能言快语,又半痴不颠的,惯与丫鬟们打诨,所以上下都欢喜他。三巧儿一日不见他来,便觉寂寞,叫老家人认了薛婆家里,早晚常去请他,所以一发来得勤了。

世间有四种人惹他不得,引起了头,再不好绝他。是那四种?游方僧道、乞丐、闲汉、牙婆。上三种人犹可,只有牙婆是穿房入户的,女眷们怕冷静时,十个九个到要扳他来往。今日薛婆本是个不善之人,一般甜言软语,三巧儿遂与他成了至交,时刻少他不得。正是:

> 画虎画皮难画骨,知人知面不知心。

陈大郎几遍讨个消息,薛婆只回言尚早。其时五月中旬,天渐炎热。婆子在三巧儿面前,偶说起家中蜗窄,又是朝西房子,夏月最不相宜,不比这楼上高厂风凉。三巧儿道:"你老人家若撇得家下,到此过夜也好。"婆子道:"好是好,只怕官人回来。"三巧儿道:"他就回,料道不是半夜三更。"婆子道:"大娘不嫌蒿恼,老身惯是挜相知的，只今晚就取铺陈过来，与大娘作伴，何如？"三巧儿道："铺陈尽有，也不须拿得。你老人家回复家里一声，索性在此过了一夏家去不好？"婆子真个对家里儿子媳妇说了，只带个梳匣儿过来。三巧儿道："你老人家多事，难道我家油梳子也缺了，你又带来怎地？"婆子道："老身一生怕的是同汤洗脸，合具梳头。大娘怕没有精致的梳具，老身如何敢用？其他姐儿们的，老身也怕用得，还是自家带了便当。只是大娘分付在那一门房安歇？"三巧儿指着床前一个小小藤榻儿，道："我预先排下你的卧处了，我两个亲近些，夜间睡不着好讲些闲话。"说罢，检出一顶青纱帐来，教婆子自家挂了，又同吃了一会酒，方才歇息。两个丫鬟原在床前打铺相伴，因有了婆子，打发他在间壁房里去睡。

从此为始，婆子日间出去串街做买卖，黑夜便到蒋家歇宿。时常携壶挈榼的殷勤热闹，不一而足。床榻是丁字样铺下的，虽隔着帐子，却像是一头同睡。夜间絮絮叨叨，你问我答，凡街坊秽亵之谈，无所不至。这婆子或时装醉诈风起来，到说起自家少年时偷汉的许多情事，去勾动那妇人的春心。害得那妇人娇滴滴一副嫩脸，红了又白，白了又红。婆子也知妇人心活，只是那

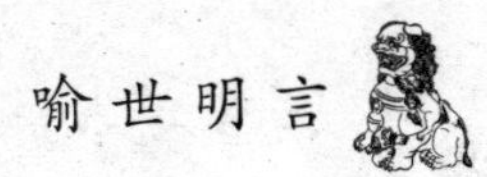

话儿不好启齿。

　　光阴迅速，又到七月初七日了，正是三巧儿的生日。婆子清早备下两盒礼，与他做生。三巧儿称谢了，留他吃面，婆子道："老身今日有些穷忙，晚上来陪大娘，看牛郎织女做亲。"说罢自去了。下得阶头不几步，正遇着陈大郎。路上不好讲话，随到个僻静巷里。陈大郎攒着两眉，埋怨婆子道："干娘，你好慢心肠！春去夏来，如今又立过秋了。你今日也说尚早，明日也说尚早，却不知我度日如年。再延捱几日，他丈夫回来，此事便付东流，却不活活的害死我也！阴司去少不得与你索命。"婆子道："你且莫喉急，老身正要相请，来得恰好。事成不成，只在今晚，须是依我而行。如此如此，这般这般。全要轻轻悄悄，莫带累人。"陈大郎点头道："好计，好计！事成之后，定当厚报。"说罢，欣然而去。正是：

> 排成窃玉偷香阵，费尽携云握雨心。

　　却说薛婆约定陈大郎这晚成事。午后细雨微茫，到晚却没有星月，婆子黑暗里引着陈大郎埋伏在左近，自己却去敲门。晴云点个纸灯儿，开门出来。婆子故意把衣袖一摸，说道："失落了一条临清汗巾儿。姐姐，劳你大家寻一寻。"哄得晴云便把灯向街上照去。这里婆子捉个空，招着陈大郎一溜溜进门来，先引他在楼梯背后空处伏着。婆子便叫道："有了，不要寻了。"晴云道："恰好火也没了，我再去点个来照你。"婆子道："走熟的路，不消用火。"两个黑暗里关了门，摸上楼来。三巧儿问道："你没了什么东西？"婆子袖里扯出个小帕儿来，道："就是这个冤家，虽然不值甚钱，是一个北京客人送我的，却不道：礼轻人意重。"三巧儿取笑道："莫非是你老相交送的表记？"婆子笑道："也差不多。"当夜两个耍笑饮酒。婆子道："酒肴尽多，何不把些赏厨下男女？也教他闹轰轰，像个节夜。"三巧儿真个把四碗菜，两壶酒，分付丫鬟拿下楼去。那两个婆娘，一个汉子，吃了一回，各去歇息不题。

再说婆子饮酒中间问道："官人如何还不回家？"三巧儿道："便是算来一年半了。"婆子道："牛郎织女，也是一年一会，你比他到多隔了半年。常言道一品官，二品客。做客的那一处没有风花雪月？只苦了家中娘子。"三巧儿叹了口气，低头不语。婆子道："是老身多嘴了。今夜牛女佳期，只该饮酒作乐，不该说伤情话儿。"说罢，便斟酒去劝那妇人。约莫半酣，婆子又把酒去劝两

个丫鬟，说道："这是牛郎织女的喜酒，劝你多吃几杯，后日嫁个恩爱的老公，寸步不离。"两个丫鬟被缠不过，勉强吃了，各不胜酒力，东倒西歪。三巧儿分付关了楼门，发放他先睡。他两个自在吃酒。

婆子一头吃，口里不住的说啰说皂道："大娘几岁上嫁的？"三巧儿道："十七岁。"婆子道："破得身迟，还不吃亏；我是十三岁上就破了身。"三巧儿道："嫁得恁般早？"婆子道："论起嫁，到是十八岁了。不瞒大娘说，因是在间壁人家学针指，被他家小官人调诱，一时间贪他生得俊俏，就应承与他偷了。初时好不疼痛，两三遍后，就晓得快活。大娘你可也是这般么？"三巧儿只是笑。婆子又道："那话儿到是不晓得滋味的到好，尝过的便丢不下，心坎里时时发痒。日里还好，夜间好难过哩。"三巧儿道："想你在娘家时阅人多矣，亏你怎生充得黄花女儿嫁去？"婆子道："我的老娘也晓得些影像，生怕出丑，教我一个童女方，用石榴皮、生矾两味煎汤洗过，那东西就瘢紧了，我只做张做势的叫疼，就遮过了。"三巧儿道："你做女儿时，夜间也少不得独睡。"婆子道："还记得在娘家时节，哥哥出外，我与嫂嫂一头同睡，两下轮番在肚子上学男子汉的行事。"三巧儿道："两个女人作对，有甚好处？"婆子走过三巧儿那边，挨肩坐了，说道："大娘，你不知，只要大家知音，一般有趣，也撩得火。"三巧儿举手把婆子肩胛上打一下，说道："我不信，你说谎。"婆子见他欲心已动，有心去挑拨他，又道："老身今年五十二岁了，夜间常痴性发作，打熬不过，亏得你少年老成。"三巧儿道："你老人家打熬不过，终不然还去打汉子？"婆子道："败花枯柳，如今那个要我了？不瞒大娘说，我也有个自取其乐，救急的法儿。"三巧儿道："你说谎，又是甚么法儿？"婆子道："少停到床上睡了，与你细讲。"

说罢，只见一个飞蛾在灯上旋转，婆子便把扇来一扑，故意扑灭了灯，叫声："阿呀！老身自去点个灯来。"便去开楼门。陈大郎已自走上楼梯，伏在门边多时了。都是婆子预先设下的圈套。婆子道："忘带个取灯儿去了。"又走转来，便引着陈大郎到自己榻上伏着。婆子下楼去了一回，复上来道："夜深了，厨下火种都熄了，怎么处？"三巧儿道："我点灯睡惯了，黑跻跻地，好不怕人。"婆子道："老身伴你一床睡何如？"三巧儿正要问他救急的法儿，应道："甚好。"婆子道："大娘，你先上床，我关了门就来。"三巧儿先脱了衣服，床上去了，

叫道："你老人家快睡罢。"婆子应道："就来了。"却在榻上拖陈大郎上来，赤条条的拗在三巧儿床上去。三巧儿摸着身子，道："你老人家许多年纪，身上恁般光滑！"那人并不回言，钻进被里，就搂着妇人做嘴。妇人还认是婆子，双手相抱。那人蓦地腾身而上，就干起事来。那妇人一则多了杯酒，醉眼朦胧；二则被婆子挑拨，春心飘荡，到此不暇致详，凭他轻薄。

　　一个是闺中怀春的少妇，一个是客邸慕色的才郎；一个打熬许久，如文君初遇相如；一个盼望多时，如必正初谐陈女。分明久旱逢甘雨，胜过他乡遇故知。

陈大郎是走过风月场的人，颠鸾倒凤，曲尽其趣，弄得妇人魂不附体。云雨毕后，三巧儿方问道："你是谁？"陈大郎把楼下相逢，如此相慕，如此苦央薛婆用计，细细说了："今番得遂平生，便死瞑目。"婆子走到床间，说道："不是老身大胆，一来可怜大娘青春独宿，二来要救陈郎性命；你两个也是宿世姻缘，非干老身之事。"三巧儿道："事已如此，万一我丈夫知觉，怎么好？"婆子道："此事你知我知，只买定了晴云、暖雪两个丫头，不许他多嘴，再有谁人漏泄？在老身身上，管成你夜夜欢娱，一些事也没有。只是日后不要忘记了老身。"三巧儿到此，也顾不得许多了，两个又狂荡起来，直到五更鼓绝，天色将明，两个兀自不舍。婆子催促陈大郎起身，送他出门去了。

自此无夜不会，或是婆子同来，或是汉子自来。两个丫鬟被婆子把甜话儿偎他，又把利害话儿吓他；又教主母赏他几件衣服；汉子到时，不时把些零碎银子赏他们买果儿吃，骗得欢欢喜喜，已自做了一路。夜来明去，一出一入，都是两个丫鬟迎送，全无阻隔。真个是你贪我爱，如胶似漆，胜如夫妇一般。陈大郎有心要结识这妇人，不时的制办好衣服、好首饰送他，又替他还了欠下婆子的一半价钱，又将一百两银子谢了婆子。往来半年有余，这汉子约有千金之费。三巧儿也有三十多两银子东西，送那婆子。婆子只为图这些不义之财，所以肯做牵头。这都不在话下。

古人云：天下无不散的筵席。才过十五元宵夜，又是清明三月天。陈大郎思想蹉跎了多时生意，要得还乡。夜来与妇人说知，两下恩深义重，各不相舍。妇人到情愿收拾了些细软，跟随汉子逃走，去做长久夫妻。陈大郎道："使不得。我们相交始末，都在薛婆肚里。就是主人家吕公，见我每夜进城，难道没有些疑惑？况客船上人多，瞒得那个？两个丫鬟又带去不得。你丈夫回来，跟究出情由，怎肯干休？娘子权且耐心，到明年此时，我到此觅个僻静下处，悄悄通个言儿与你，那时两口儿同走，神鬼不觉，却不安稳？”妇人道：“万一你明年不来，如何？”陈大郎就设起誓来。妇人道：“既然你有真心，奴家也决不相负。你若到了家乡，倘有便人，托他捎个书信到薛婆处，也教奴家放意。”陈大郎道：“我自用心，不消分付。”

又过了几日，陈大郎雇下船只，装载粮食完备，又来与妇人作别。这一夜倍加眷恋。两下说一会，哭一会，又狂荡一会，整整的一夜不曾合眼。到五更起身，妇人便去开箱，取出一件宝贝，叫做“珍珠衫”，递与陈大郎道：“这件衫儿，是蒋门祖传之物，暑天若穿了他，清凉透骨。此去天道渐热，正用得着。奴家把与你做个记念，穿了此衫，就如奴家贴体一般。”陈大郎哭得出声不得，软做一堆。妇人把衫儿亲手与汉子穿下，叫丫鬟开了门户，亲自送他出门，再三珍重而别。诗曰：

> 昔年含泪别夫郎，今日悲啼送所欢。

堪恨妇人多水性，招来野鸟胜文鸢。

话分两头。却说陈大郎有了这珍珠衫儿，每日贴体穿着，便夜间脱下，也放在被窝中同睡，寸步不离。一路遇了顺风，不两月行到苏州府枫桥地面。那枫桥是柴米牙行聚处，少不得投个主家脱货，不在话下。忽一日，赴个同乡人的酒席，席上遇个襄阳客人，生得风流标致。那人非别，正是蒋兴哥。原来兴哥在广东贩了些珍珠、玳瑁、苏木、沉香之类，搭伴起身。那伙同伴商量，都要到苏州发卖。兴哥久闻得"上说天堂，下说苏杭"，好个大马头所在，有心要去走一遍，做这一回买卖，方才回去。还是去年十月中到苏州的。因是隐姓为商，都称为罗小官人，所以陈大郎更不疑惑。他两个萍水相逢，年相若，貌相似，谭吐应对之间，彼此敬慕。即席间问了下处，互相拜望，两下遂成知己，不时会面。

兴哥讨完了客帐，欲待起身，走到陈大郎寓所作别，大郎置酒相待，促膝谈心，甚是款洽。此时五月下旬，天气炎热。两个解衣饮酒，陈大郎露出珍珠衫来。兴哥心中骇异，又不好认他的，只夸奖此衫之美。陈大郎恃了相知，便问道："贵县大市街有个蒋兴哥家，罗兄可认得否？"兴哥到也乖巧，回道："在下出外日多，里中虽晓得有这个人，并不相认，陈兄为何问他？"陈大郎道："不瞒兄长说，小弟与他有些瓜葛。"便把三巧儿相好之情，告诉了一遍。扯着衫儿看了，眼泪汪汪道："此衫是他所赠。兄长此去，小弟有封书信，奉烦一寄，明日侵早送到贵寓。"

兴哥口里答应道："当得，当得。"心下沉吟："有这等异事！现在珍珠衫为证，不是个虚话了。"当下如针刺肚，推故不饮，急急起身别去。

回到下处，想了又恼，恼了又想，恨不得学个缩地法儿，顷刻到家。连夜收拾，次早便上船要行。只见岸上一个人气吁吁的赶来，却是陈大郎。亲把书信一大包，递与兴哥，叮嘱千万寄去。气得兴哥面如土色，说不得，话不得，死不得，活不得。只等陈大郎去后，把书看时，面上写道："此书烦寄大市街东巷薛妈妈家。"兴哥性起，一手扯开，却是八尺多长一条桃红绉纱汗巾。又有个纸糊长匣儿，内有羊脂玉凤头簪一根。书上写道："微物二件，烦干娘转寄心爱娘子三巧儿亲收，聊表记念。相会之期，准在来春。珍重，珍重。"兴哥大怒，把书扯得粉碎，撒在河中；提起玉簪在船板上一掼，折做两段，一念想起道："我好糊涂！何不留此做个证见也好。"便检起簪儿和汗巾，做一包收拾，催促开船。

急急的赶到家乡，望见了自家门首，不觉堕下泪来。想起："当初夫妻何等恩爱，只为我贪着蝇头微利，撇他少年守寡，弄出这场丑来，如今悔之何及！"在路上性急，巴不得赶回。及至到了，心中又苦又恨，行一步，懒一步。进得自家门里，少不得忍住了气，勉强相见。兴哥并无言语，三巧儿自己心虚，觉得满脸惭愧，不敢殷勤上前扳话。兴哥搬完了行李，只说去看看丈人丈母，依旧到船上住了一晚。次早回家，向三巧儿说道："你的爹娘同时害病，势甚危笃。昨晚我只得住下，看了他一夜。他心中只牵挂着你，欲见一面。我已雇下轿子在门首，你可作速回去，我也随后就来。"三巧儿见丈夫一夜不回，心里正在疑虑，闻说爹娘有病，却认真了，如何不慌？慌忙把箱笼上钥匙递与丈夫，唤个婆娘跟了，上轿而去。兴哥叫住了婆娘，向袖中摸出一封书来，分付他送与王公："送过书，你便随轿回来。"

却说三巧儿回家，见爹娘双双无恙，吃了一惊。王公见女儿不接而回，也自骇然，在婆子手中接书，拆开

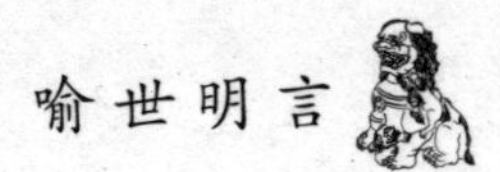

看时，却是休书一纸。上写道：

> 立休书人蒋德，系襄阳府枣阳县人。从幼凭媒聘定王氏为妻。岂期过门之后，本妇多有过失，正合七出之条。因念夫妻之情不忍明言，情愿退还本宗，听凭改嫁，并无异言，休书是实。

> 成化二年　月　日手掌为记。

书中又包着一条桃红汗巾，一枝打折头簪。王公看了大惊，叫过女儿问其缘故。三巧儿听说丈夫把他休了，一言不发，啼哭起来。王公气忿忿的一径跟到女婿家来，蒋兴哥连忙上前作揖。王公回礼，便问道："贤婿，我女儿是清清白白嫁到你家的，如今有何过失，你便把他休了？须还我个明白。"蒋兴哥道："小婿不好说得，但问令爱便知。"王公道："他只是啼哭，不肯开口，教我肚里好闷！小女从幼聪慧，料不到得犯了淫盗。若是小小过失，你可也看老汉薄面，恕了他罢。你两个是七八岁上定下的夫妻，完婚后并不曾争论一遍两遍，且是和顺。你如今做客才回，又不曾住过三朝五日，有什么破绽落在你眼里？你直如此狠毒，也被人笑话，说你无情无义。"蒋兴哥道："丈人在上，小婿也不敢多讲。家下有祖遗下珍珠衫一件，是令爱收藏，只问他如今在否。若在时，半字休题；若不在，只索休怪了。"王公忙转身回家，问女儿道："你丈夫只问你讨什么珍珠衫，你端的拿与何人去了？"那妇人听得说着了他紧要的关目，羞得满脸通红，开不得口，一发号啕大哭起来，慌得王公没做理会处。王婆劝道："你不要只管啼哭，实实的说个真情与爹妈知道，也好与你分剖。"妇人那里肯说，悲悲咽咽，哭一个不住。王公只得把休书和汗巾、簪子，都付与王婆，教他慢慢的偎着女儿，问他个明白。

王公心中纳闷，走到邻家闲话去了。王婆见女儿哭得两眼赤肿，生怕苦坏了他，安慰了几句言语，走往厨房下去暖酒，要与女儿消愁。三巧儿在房中独坐，想着珍珠衫泄漏的缘故，好生难解！这汗巾、簪子，又不知那里来的。沉吟了半晌，道："我晓得了。这折簪是镜破钗分之意；这条汗巾，分明教我悬梁自尽。他念夫妻之情，不忍明言，是要全我的廉耻。可怜四年恩爱，一旦决绝，是我做的不是，负了丈夫恩情。便活在人间，料没有个好日，不如缢死，到得干净。"说罢，又哭了一回，把个坐兀子填高，将汗巾兜在梁上，正欲自缢。也是寿数未绝，不曾关上房门。恰好王婆暖得一壶好酒走

进房来，见女儿安排这事，急得他手忙脚乱，不放酒壶，便上前去拖拽。不期一脚踢番坐兀子，娘儿两个跌做一团，酒壶都泼翻了。王婆爬起来，扶起女儿，说道："你好短见！二十多岁的人，一朵花还没有开足，怎做这没下梢的事？莫说你丈夫还有回心转意的日子，便真个休了，恁般容貌，怕没人要你？少不得别选良姻，图个下半世受用。你且放心过日子去，休得愁闷。"王公回家，知道女儿寻死，也劝了他一番，又嘱付王婆用心提防。过了数日，三巧儿没奈何，也放下了念头。正是：

　　　　夫妻本是同林鸟，大限来时各自飞。

再说蒋兴哥把两条索子，将晴云、暖雪捆缚起来，拷问情由。那丫头初时抵赖，吃打不过，只得从头至尾，细细招将出来。已知都是薛婆勾引，不干他人之事。到明朝，兴哥领了一伙人，赶到薛婆家里，打得他雪片相似，只饶他拆了房子。薛婆情知自己不是，躲过一边，并没一人敢出头说话。兴哥见他如此，也出了这口气。回去唤个牙婆，将两个丫头都卖了。楼上细软箱笼，大小共十六只，写三十二条封皮，打叉封了，更不开动。这是甚意儿？只因兴哥夫妇，本是十二分相爱的。虽则一时休了，心中好生痛切。见物思人，何忍开看？

　　话分两头。却说南京有个吴杰进士，除授广东潮阳县知县，水路上任，打从襄阳经过。不曾带家小，有心要择一美妾。一路看了多少女子，并不中意。闻得枣阳县王公之女，大有颜色，一县闻名，出五十金财礼，央媒议亲。王公到也乐从，只怕前婿有言，亲到蒋家，与兴哥说知。兴哥并不阻当。临嫁之夜，兴哥雇了人夫，将楼上十六个箱笼，原封不动，连钥匙送到吴知县船上，交割与三巧儿，当个赔嫁。妇人心上到过意不去。旁人晓得这事，也有夸兴哥做人忠厚的，也有笑他痴呆的，还有骂他没志气的，正是人心不同。

　　闲话休题。再说陈大郎在苏州脱货完了，回到新安，一心只想着三巧儿。朝暮看了这件珍珠衫，长吁短叹。老婆平氏心知这衫儿来得跷蹊，等丈夫睡着，悄悄的偷去，藏在天花板上。陈大郎早起要穿时，不见了衫儿，与老婆取讨。平氏那里肯认。急得陈大郎性发，倾箱倒箧的寻个遍，只是不见，便破口骂老婆起来。惹得老婆啼啼哭哭，与他争嚷，闹炒了两三日，陈大郎情怀撩乱，忙忙的收拾银两，带个小郎，再望襄阳旧路而进。

　　将近枣阳，不期遇了一伙大盗，将本钱尽皆劫去，小郎也被他杀了。陈商眼快，走向船梢舵上伏着，幸免残生。思想还乡不得，且到旧寓住下，待会了三巧儿，与他借些东西，再图恢复。叹了一口气，只得离船上岸。走到枣阳城外主人吕公家，告诉其事，又道："如今要央卖珠子的薛婆，与一个相识人家借些本钱营运。"吕公道："大郎不知，那婆子为勾引蒋兴哥的浑家，做了些丑事。去年兴哥回来，问浑家讨什么'珍珠衫'。原来浑家赠与情人去了，无言回答。兴哥当时休了浑家回去，如今转嫁与南京吴进士做第二房夫人了。那婆子被蒋家打得个片瓦不留，婆子安身不牢，也搬在隔县去了。"

陈大郎听得这话，好似一桶冷水没头淋下。这一惊非小，当夜发寒发热，害起病来。这病又是郁症，又是相思症，也带些怯症，又有些惊症，床上卧了两个多月，翻翻覆覆只是不愈，连累主人家小厮，伏侍得不耐烦。陈大郎心上不安，打熬起精神，写成家书一封，请主人来商议，要觅个便人捎信往家中，取些盘缠，就要个亲人来看觑同回。这几句正中了主人之意。恰好有个相识的承差，奉上司公文要往徽宁一路。水陆驿递，极是快的。吕公接了陈大郎书札，又替他应出五钱银子，送与承差，央他乘便寄去。果然的"自行由得我，官差急如火"，不勾几日，到了新安县。问着陈商家里，送了家书，那承差飞马去了。正是：

只为千金书信，又成一段姻缘。

话说平氏拆开家信，果是丈夫笔迹，写道："陈商再拜，贤妻平氏见字：别后襄阳遇盗，劫资杀仆。某受惊患病，见卧旧寓吕家，两月不愈。字到可央一的当亲人，多带盘缠，速来看视。伏枕草草。"平氏看了，半信半疑，想着："前番回家，亏折了千金资本。据这件珍珠衫，一定是邪路上来的。今番又推被盗，多讨盘缠，怕是假话。"又想道："他要个的当亲人，速来看视，必然病势利害。这话是真，也未可知。如今央谁人去好？"左思右想，放心不下。与父亲平老朝奉商议。收拾起细软家私，带了陈旺夫妇，就请父亲作伴，雇个船只，亲往襄阳看丈夫去。到得京口，平老朝奉痰火病发，央人送回去了。平氏引着男女，上水前进。

不一日，来到枣阳城外，问着了旧主人吕家。原来十日前，陈大郎已故了。吕公赔些钱钞，将就入殓。平氏哭倒在地，良久方醒，慌忙换了孝服，再三向吕公说，欲待开棺一见，另买副好棺材，重新殓过。吕公执意不肯，平氏没奈何，只得买木做个外棺包裹，请僧做法事超度，多焚冥资。吕公已自索了他二十两银子谢仪，随他闹吵，并不言语。

过了一月有余，平氏要选个好日子，扶柩而回。吕公见这妇人年少姿色，料是守寡不终，又且囊中有物，思想儿子吕二，还没有亲事，何不留住了他，完其好事，可不两便？吕公买酒请了陈旺，央他老婆委曲进言，许以厚谢。陈旺的老婆是个蠢货，那晓得什么委曲？不顾高低，一直的对主母说了。平氏大怒，把他骂了一顿，连打几个耳光子，连主人家也数落了几句。吕公一场没趣，敢怒而不敢言。正是：

羊肉馒头没的吃，空教惹得一身骚。

吕公便去撺掇陈旺逃走。陈旺也思量没甚好处了，与老婆商议，教他做脚，里应外合，把银两首饰，偷得罄尽，两口儿连夜走了。吕公明知其情，反埋怨平氏，道不该带这样歹人出来，幸而偷了自家主母的东西，若偷了别家的，可不连累人？又嫌这灵柩碍他生理，教他快些抬去；又道后生寡妇，在此住居不便，催促他起身。平氏被逼不过，只得别赁下一间房子住了，雇人把灵柩移来，安顿在内。这凄凉景象，自不必说。

　　间壁有个张七嫂，为人甚是活动。听得平氏啼哭，时常走来劝解。平氏又时常央他典卖几件衣服用度，极感其意。不勾几月，衣服都典尽了。从小学得一手好针线，思量要到个大户人家，教习女红度日，再作区处。正与张七嫂商量这话，张七嫂道："老身不好说得，这大户人家，不是你少年人走动的。死的没福自死了，活的还要做人，你后面日子正长哩。终不然做针线娘了得你下半世？况且名声不好，被人看得轻了。还有一件，这个灵柩如何处置，也是你身上一件大事。便出赁房钱，终久是不了之局。"平氏道："奴家也都虑到，只是无计可施了。"张七嫂道："老身到有一策，娘子莫怪我说。你千里离乡，一身孤寡，手中又无半钱，想要搬这灵柩回去，多是虚了。莫说你衣食不周，到底难守；便多守得几时，亦有何益？依老身愚见，莫若趁此青年美貌，寻个好对头，一夫一妇的随了他去。得些财礼，就买块土来葬了丈夫，你的终身又有所托，可不生死无憾？"平氏见他说得近理，沉吟了一会，叹口气道："罢，罢，奴家卖身葬夫，旁人也笑我不得。"张七嫂道："娘子若定了主意时，老身现有个主儿在此，年纪与娘子相近，人物齐整，又是大富之家。"平氏道："他既是富家，怕不要二婚的。"张七嫂道："他也是续弦了，原对老身说：不拘头婚二婚，只要人才出众。似娘子这般丰姿，怕不中意？"原来张七嫂曾受蒋兴哥之托，央他访一头好亲。因是前妻三巧儿出色标致，所以如今只要访个美貌的。那平氏容貌，虽不及得三巧儿，论起手脚伶俐，胸中泾渭，又胜似他。

张七嫂次日就进城，与蒋兴哥说了。兴哥闻得是下路人，愈加欢喜。这里平氏分文财礼不要，只要买块好地殡葬丈夫要紧。张七嫂往来回复了几次，两相依允。

话休烦絮。却说平氏送了丈夫灵柩入土，祭奠毕了，大哭一场，免不得起灵除孝。临期，蒋家送衣饰过来，又将他典下的衣服都赎回了。成亲之夜，一般大吹大擂，洞房花烛。正是：

> 规矩熟闲虽旧事，恩情美满胜新婚。

蒋兴哥见平氏举止端庄，甚相敬重。一日，从外而来，平氏正在打叠衣箱，内有珍珠衫一件。兴哥认得了，大惊问道："此衫从何而来？"平氏道："这衫儿来得跷蹊。"便把前夫如此张致，夫妻如此争嚷，如此赌气分别，述了一遍。又道："前日艰难时，几番欲把他典卖；只愁来历不明，怕惹出是非，不敢露人眼目。连奴家至今，不知这物事那里来的。"兴哥道："你前夫陈大郎名字，可叫做陈商？可是白净面皮，没有须，左手长指甲的么？"平氏道："正是。"蒋兴哥把舌头一伸，合掌对天道："如此说来，天理昭彰，好怕人也！"平氏问其缘故，蒋兴哥道："这件珍珠衫，原是我家旧物。你丈夫奸骗了我的妻子，得此衫为表记。我在苏州相会，见了此衫，始知其情，回来把王氏休了。谁知你丈夫客死。我今续弦，但闻是徽州陈客之妻，谁知就是陈商！却不是一报还一报？"平氏听罢，毛骨竦然。从此恩情愈笃。这才是"蒋兴哥重会珍珠衫"的正话。诗曰：

> 天理昭昭不可欺，两妻交易孰便宜？
>
> 分明欠债偿他利，百岁姻缘暂换时。

再说蒋兴哥有了管家娘子，一年之后，又往广东做买卖。也是合当有事。一日到合浦县贩珠，价都讲定，主人家老儿只拣一粒绝大的偷过了，再不承认。兴哥不忿，一把扯他袖子要搜。何期去得势重，将老儿拖翻在地，跌下便不做声。忙去扶时，气已断了。儿女亲邻，哭的哭，叫的叫，一阵的簇拥将来，把兴哥捉住，不由分说，痛打一顿，关在空房里。连夜写了状词，只等天明县主早堂，连人进状。县主准了，因这日有公事，分付把凶身锁押，次日候审。

　　你道这县主是谁？姓吴名杰，南畿进士，正是三巧儿的晚老公。初选原在潮阳，上司因见他清廉，调在这合浦县采珠的所在来做官。是夜，吴杰在灯下将准过的状词细阅。三巧儿正在旁边闲看，偶见宋福所告人命一词，凶身罗德，枣阳县客人，不是蒋兴哥是谁？想起旧日恩情，不觉痛酸，哭告丈夫道："这罗德是贱妾的亲哥，出嗣在母舅罗家。不期客边，犯此大辟。官人可看妾之面，救他一命还乡。"县主道："且看临审如何。若人命果真，教我也难宽宥。"三巧儿两眼噙泪，跪下苦苦哀求。县主道："你且莫忙，我自有道理。"明早出堂，三巧儿又扯住县主衣袖哭道："若哥哥无救，贱妾亦当自尽，不能相见了。"

　　当日县主升堂，第一就问这起。只见宋福、宋寿弟兄两个，哭啼啼的与父亲执命，禀道："因争珠怀恨，登时打闷，仆地身死。望爷爷做主。"县主问众干证口词，也有说打倒的，也有说推跌的。蒋兴哥辨道："他父亲偷了小人的珠子，小人不念，与他争论。他因年老脚蹉，自家跌死，不干小人之事。"县主问宋福道："你父亲几岁了？"宋福道："六十七岁了。"县主道："老年人容易昏绝，未必是打。”宋福、宋寿坚执是打死的。县主道："有伤无伤，须凭检验。既说打死，将尸发在漏泽园去，俟晚堂听检。”原来宋家也是个大户，有体面的，老儿曾当过里长，儿子怎肯把父亲在尸场剔骨？两个双双叩头道："父亲死状，众目共见，只求爷爷到小人家里相验，不愿发检。”县主道："若不见贴骨伤痕，凶身怎肯伏罪？没有尸格，如何申得上司过？”弟兄两个只是求告。县主发怒道："你既不愿检，我也难问。”慌的他弟兄两个连连叩头道："便凭爷爷明断。”县主道："望七之人，死是本等。倘或不因打死，屈害了一个平人，反增死者罪过。就是你做儿子的，巴得父亲到许多年纪，又把个不得善终的恶名与他，心中何忍？但打死是假，推仆是真，若不重罚罗德，也难出你的气。我如今教他披麻戴孝，与亲儿一般行礼，一应殡殓之费，都要他支持。你可服么？”弟兄两个道："爷爷分付，小人敢不遵依。”兴哥见县主不用刑罚，断得干净，喜出望外。当下原、被告都叩头称谢。县主道："我也不写审单，着差人押出，待事完回话，把原词与你销讫便了。”正是：

> 公堂造业真容易，要积阴功亦不难。
>
> 试看今朝吴大尹，解冤释罪两家欢。

却说三巧儿自丈夫出堂之后，如坐针毡，一闻得退衙，便迎住问个消息。县主道："我如此如此断了，看你之面，一板也不曾责他。"三巧儿千恩万谢，又道："妾与哥哥久别，渴思一会，问取爹娘消息。官人如何做个方便，使妾兄妹相见，此恩不小。"县主道："这也容易。"看官们，你道三巧儿被蒋兴哥休了，恩断义绝，如何恁地用情？他夫妇原是十分恩爱的，因三巧儿做下不是，兴哥不得已而休之，心中兀自不忍，所以改嫁之夜，把十六只箱笼，完完全全的赠他。只这一件，三巧儿的心肠，也不容不软了。今日他身处富贵，见兴哥落难，如何不救？这叫做知恩报恩。

再说蒋兴哥遵了县主所断，着实小心尽礼，更不惜费，宋家弟兄都没话了。丧葬事毕，差人押到县中回复。县主唤进私衙赐坐，说道："尊舅这场官事，若非令妹再三哀恳，下官几乎得罪了。"兴哥不解其故，回答不出。少停茶罢，县主请入内书房，教小夫人出来相见。你道这番意外相逢，不像个梦景么？他两个也不行礼，也不讲话，紧紧的你我相抱，放声大哭。就是哭爹哭娘，从没见这般哀惨，连县主在旁，好生不忍，便道："你两人且莫悲伤，我看你不像哥妹，快说真情，下官有处。”两个哭得半休不休的，那个肯说？却被县主盘问不过，三巧儿只得跪下，说道：“贱妾罪当万死，此人乃妾之前夫也。”蒋兴哥料瞒不得，也跪下来，将从前恩爱，及休妻再嫁之事，一一诉知。说罢，两人又哭做一团，连吴知县也堕泪不止，道：“你两人如此相恋，下官何忍拆开。幸然在此三年，不曾生育，即刻领去完聚。”两个插烛也似拜谢。县主即忙讨个小轿，送三巧儿出衙。又唤集人夫，把原来赔嫁的十六个箱笼抬去，都教兴哥收领。又差典吏一员，护送他夫妇出境。——此乃吴知县之厚德。正是：

> 珠还合浦重生采，剑合丰城倍有神。

> 堪羡吴公存厚道，贪财好色竟何人！

此人向来艰子，后行取到吏部，在北京纳宠，连生三子，科第不绝，人都说阴德之报，这是后话。

再说蒋兴哥带了三巧儿回家，与平氏相见。论起初婚，王氏在前。只因休了一番，这平氏到是明媒正娶，又且平氏年长一岁，让平氏为正房，王氏反做偏房，两个姊妹相称。从此一夫二妇，团圆到老。有诗为证：

> 恩爱夫妻虽到头，妻还作妾亦堪羞。

> 殃祥果报无虚谬，咫尺青天莫远求。

第二卷　陈御史巧勘金钗钿

世事番腾似转轮，眼前凶吉未为真。

请看久久分明应，天道何曾负善人？

闻得老郎们相传的说话，不记得何州甚县，单说有一人，姓金，名孝，年长未娶。家中只有老母，自家卖油为生。一日挑了油担出门，中途因里急，走上茅厕大解。拾得一个布裹肚，内有一包银子，约莫有三十两。金孝不胜欢喜，便转担回家，对老娘说道："我今日造化，拾得许多银子。"老娘看见，到吃了一惊，道："你莫非做下歹事偷来的么？"金孝道："我几曾偷惯了别人的东西？却恁般说！早是邻舍不曾听得哩。这裹肚，其实不知什么人遗失在茅坑旁边，喜得我先看见了，拾取回来。我们做穷经纪的人，容易得这主大财？明日烧个利市，把来做贩油的本钱，不强似赊别人的油卖？”老娘道：“我儿，常言道：贫富皆由命。你若命该享用，不生在挑油担的人家来了。依我看来，这银子虽非是你设心谋得来的，也不是你辛苦挣来的。只怕无功受禄，反受其殃。这银子，不知是本地人的，远方客人的？又不知是自家的，或是借贷来的？一时间失脱了，抓寻不见，这一场烦恼非小，连性命都失图了，也不可知。曾闻古人裴度还带积德，你今日原到拾银之处，看有甚人来寻，便引来还他原物，也是一番阴德，皇天必不负你。”

金孝是个本分的人，被老娘教训了一场，连声应道：“说得是，说得是。”放下银包裹肚，跑到那茅厕边去。只见闹嚷嚷的一丛人围着一个汉子，那汉子气忿忿的叫天叫地。金孝上前问其缘故。原来那汉子是他方客人，因登东，解脱了裹肚，失了银子，找寻不见。只道卸下茅坑，唤几个泼皮来，正要下去淘摸。街上人都拥着闲看。金孝便问客人道：“你银子有多少？”客人胡乱应到：“有四五十两。”金孝老实，便道：“可有个白布裹肚么？”客人一把扯住金孝，道：“正是，正是！是你拾着？还了我，情愿出赏钱。”众人中有快嘴的便道：“依着道理，平半分也是该的。"金孝道："真个是我拾得，放在家里，你只随我去便有。"众人都想道："拾得钱财，巴不得瞒过了人。那曾见这个人到去寻主儿还他？也是异事。"金孝和客人动身时，这伙人一哄都跟了去。

金孝到了家中，双手儿捧出裹肚，交还客人。客人检出银包看时，晓得原物不动。只怕金孝要他出赏钱，又怕众人乔主张他平分，反使欺心，赖着金孝，道："我的银子，原说有四五十两，如今只剩得这些，你匿过一半了，可将来还我！"金孝道："我才拾得回来，就被老娘逼我出门，寻访原主还他，何曾动你分毫？"那客人赖定短少了他的银两。金孝负屈忿恨，一个头肘子撞去，那客人力大，把金孝一把头发提起，像只小鸡一般，放翻在地，捻着拳头便要打。引得金孝七十岁的老娘，也奔出门前叫屈。众人都有些不平，似杀阵般嚷将起来。恰好县尹相公在这街上过去，听得喧嚷，歇了轿，分付做公的拿来审问。众人怕事的，四散走开去了；也有几个大胆的，站在旁边看县尹相公怎生断这公事。

却说做公的将客人和金孝母子拿到县尹面前，当街跪下，各诉其情。一边道："他拾了小人的银子，藏过一半不还。"一边道："小人听了母亲言语，好意还他，他反来图赖小人。"县尹问众人："谁做证见？"众人都上前禀道："那客人脱了银子，正在茅厕抓寻不着，却是金孝自走来承认了，引他回去还他。这是小人们众目共睹。只银子数目多少，小人不知。"县令道："你两下不须争嚷，我自有道理。"教做公的带那一干人到县来。

县尹升堂，众人跪在下面。县尹教取裹肚和银子上来，分付库吏，把银子兑准回复。库吏复道："有三十两。"县主又问客人道："你银子是许多？"客人道："五十两。"县主道："你看见他拾取的，还是他自家承认的？"客人道："实是他亲口承认的。"县主道："他若是要赖你的银子，何不全包都拿了？却止藏一半，又自家招认出来？他不招认，你如何晓得？可见他没有赖银之情了。你失的银子是五十两，他拾的是三十两，这银子不是你的，必然另一个人失落的。"客人道："这银子实是小人的，小人情愿只领这三十两去罢。"县尹道："数目不同，如何冒认得去？这银两合断与金孝领去，奉养母亲；你的五十两，自去抓寻。"金孝得了银子，千恩万谢的扶着老娘去了。那客人已经官断，如何敢争？只得含羞嚼泪而去。众人无不称快。这叫做：

> 欲图他人，翻失自己。自己羞惭，他人欢喜。

　　看官，今日听我说"金钗钿"这桩奇事：有老婆的翻没了老婆，没老婆的翻得了老婆。只如金孝和客人两个：图银子的翻失了银子，不要银子的翻得了银子。事迹虽异，天理则同。

　　却说江西赣州府石城县，有个鲁廉宪，一生为官清介，并不要钱，人都称为"鲁白水"。那鲁廉宪与同县顾佥事累世通家。鲁家一子，双名学曾；顾家一女，小名阿秀；两下面约为婚，来往间亲家相呼，非止一日。因鲁奶奶病故，廉宪携着孩儿在于任所，一向迁延，不曾行得大礼。谁知廉宪在任，一病身亡。学曾扶柩回家，守制三年，家事愈加消乏，止存下几间破房子，连口食都不周了。顾佥事见女婿穷得不像样，遂有悔亲之意，与夫人孟氏商议道："鲁家一贫如洗，眼见得六礼难备，婚娶无期。不若别求良姻，庶不误女儿终身之托。"孟夫人道："鲁家虽然穷了，从幼许下的亲身，将何辞以绝之？"顾佥事道："如今只差人去说男长女大，催他行礼。两边都是宦家，各有体面，说不得'没有'两个字，也要出得他的门，入的我的户。那穷鬼自知无力，必然情愿退亲。我就要了他休书，却不一刀两断？"孟夫人道："我家阿秀性子有些古怪，只怕他到不肯。"顾金事道:"在家从父,这也由不得他,你只慢慢的劝他便了。"

当下孟夫人走到女儿房中,说知此情。阿秀道:"妇人之义,从一而终;婚姻论财,夷虏之道。爹爹如此欺贫重富,全没人伦,决难从命。"孟夫人道:"如今爹去催鲁家行礼,他若行不起礼,倒愿退亲,你只索罢休。"阿秀道:"说那里话!若鲁家贫不能聘,孩儿情愿守志终身,决不改适。当初钱玉莲投江全节,留名万古,爹爹若是见逼,孩儿就拚却一命,亦有何难!"孟夫人见女执性,又苦他,又怜他,心生一计:除非瞒过金事,密地唤鲁公子来,助他些东西,教他作速行聘,方成其美。

忽一日,顾金事往东庄收租,有好几日耽搁。孟夫人与女儿商量停当了,唤园公老欧到来。夫人当面分付,教他去请鲁公子后门相会,如此如此,"不可泄漏,我自有重赏。"老园公领命,来到鲁家。但见:

门如败寺,屋似破窑。窗槅离披,一任风声开闭;厨房冷落,绝无烟气蒸腾。颓墙漏瓦权栖足,只怕雨来;旧椅破床便当柴,也少火力。尽说宦家门户倒,谁怜清吏子孙贫?

　　说不尽鲁家穷处。却说鲁学曾有个姑娘，嫁在梁家，离城将有十里之地。姑夫已死，止存一子梁尚宾，新娶得的一房好娘子，三口儿一处过活，家道粗足。这一日，鲁公子恰好到他家借米去了，只有个烧火的白发婆婆在家。老管家只得传了夫人之命，教他作速寄信去请公子回来："此是夫人美情，趁这几日老爷不在家中，专等专等，不可失信。"嘱罢自去了。这里婆子想道："此事不可迟缓，也不好转托他人传话。当初奶奶存日，曾跟到姑娘家去，有些影像在肚里。"当下嘱付邻人看门，一步一跌的问到梁家。梁妈妈正留着侄儿在房中吃饭。婆子向前相见，把老园公言语细细述了。姑娘道："此是美事！"撺掇侄儿快去。

　　鲁公子心中不胜欢喜，只是身上蓝缕，不好见得岳母，要与表兄梁尚宾借件衣服遮丑。原来梁尚宾是个不守本分的歹人，早打下欺心草稿，便答应道："衣服自有，只是今日进城，天色已晚了。宦家门墙，不知深浅，令岳母夫人虽然有话，众人未必尽知，去时也须仔细。凭着愚见，还屈贤弟在此草榻，明日只可早往，不可晚行。"鲁公子道："哥哥说得是。"梁尚宾道："愚兄还要到东村一个人家，商量一件小事，回来再得奉陪。"

又嘱付梁妈妈道："婆子走路辛苦，一发留他过宿，明日去吧。"妈妈也只道孩儿是个好意，真个把两人都留住了。谁知他是个奸计：只怕婆子回去时，那边老园公又来相请，露出鲁公子不曾回家的消息，自己不好去打脱冒了。正是：

> 欺天行当人难识，立地机关鬼不知。

梁尚宾背却公子，换了一套新衣，悄地出门，径投城中顾金事家来。

却说孟夫人是晚教老园公开了园门伺候。看看日落西山，黑影里只见一个后生，身上穿得齐齐整整，脚儿走得慌慌张张，望着园门欲进不进的。老园公问道："郎君可是鲁公子么？"梁尚宾连忙鞠个躬应道："在下正是。因老夫人见召，特地到此，望乞通报。"老园公慌忙请到亭子中暂住，急急的进去报与夫人。孟夫人就差个管家婆出来传话："请公子到内室相见。"才下得亭子，又有两个丫鬟，提着两碗纱灯来接。弯弯曲曲行过多少房子，忽见朱楼画阁，方是内室。孟夫人揭起珠帘，秉烛而待。那梁尚宾一来是个小家出身，不曾见恁般富贵样子；二来是个村郎，不通文墨；三来自知假货，终是怀着个鬼胎，意气不甚舒展。上前相见时，跪拜应答，眼见得礼貌粗疏，语言涩滞。孟夫人心下想道："好怪！全不像宦家子弟。"一念又想道："常言人贫智短，他恁地贫困，如何怪得他失张失智？"转了第二个念头，心下愈加可怜起来。

茶罢，夫人分付忙排夜饭，就请小姐出来相见。阿秀初时不肯，被母亲逼了两三次，想着："父亲有赖婚之意，万一如此，今宵便是永诀；若得见亲夫一面，死亦甘心。"当下离了绣阁，含羞而出。孟夫人道："我儿过来见了公子，只行小礼罢。"假公子朝上连作两个揖，阿秀也福了两福，便要回步。夫人道："既是夫妻，何妨同坐？"便教他在自己肩下坐了。假公子两眼只瞧那小姐，见他生得端丽，骨髓里都发痒起来。这里阿秀只道见了真丈夫，低头无语，满腹恓惶，只饶得哭下一场。正是：

真假不同，心肠各别。

少顷，饮馔已到，夫人教排做两桌，上面一桌请公子坐，打横一桌娘儿两个同坐。夫人道："今日仓卒奉邀，只欲周旋公子姻事，殊不成体，休怪休怪！"假公子刚刚谢得个"打搅"二字，面皮都急得通红了。席间，夫人把女儿守志一事，略叙一叙。假公子应了一句，缩了半句。夫人也只认他害羞，全不为怪。那假公子在席上自觉局促，本是能饮的，只推量窄，夫人也不强他。又坐了一回，夫人分付收拾铺陈在东厢下，留公子过夜。假公子也假意作别要行。夫人道："彼此至亲，何拘形迹？我母子还有至言相告。"假公子心中暗喜。只见丫鬟来禀："东厢内铺设已完，请公子安置。"假公子作揖谢酒，丫鬟掌灯送到东厢去了。

夫人唤女儿进房，赶去侍婢，开了箱笼，取了私房银子八十两，又银杯二对，金首饰一十六件，约值百金，一手交付女儿，说道："做娘的手中只有这些，你可亲去交与公子，助他行聘完婚之费。"阿秀道："羞答答如何好去？"夫人道："我儿，礼有经权，事有缓急。如今尴尬之际，不是你亲去嘱付，把夫妻之情打动他，他如何肯上紧？穷孩子不知世事，倘或与外人商量，被人哄诱，把东西一时花了，不枉了做娘一片用心？那时悔之何及！这东西也要你袖里藏去，不可露人眼目。"阿秀听了这一班道理，只得依允，便道："娘，我怎好自去？"夫人道："我教管家婆跟你去。"当下唤管家婆来到，分付他只等夜深，密地送小姐到东厢，与公子叙话。又附耳道："送到时，你只在门外等候，省得两下碍眼，不好交谈。"管家婆已会其意了。

再说假公子独坐在东厢，明知有个跷蹊缘故，只是不睡。果然，一更之后，管家婆捱门而进，报道："小姐自来相会。"假公子慌忙迎接，重新叙礼。有这等事：那假公子在夫人前一个字也讲不出，及至见了小姐，偏会温存絮话！这里小姐，起初害羞，遮遮掩掩，今番背却夫人，一般也老落起来。两个你问我答，叙了半晌。阿秀话出衷肠，不觉两泪交流。那假公子也装出捶胸叹气，揩眼泪缩鼻涕，许多丑态；又假意解劝小姐，抱持绰趣，尽他受用。管家婆在房门外听见两下悲泣，连累他也恓惶，堕下几点泪来。谁知一边是真，一边是假。阿秀在袖中摸出银两首饰，递与假公子，再三嘱付，自不必说。假公子收过了，便一手抱住小姐把灯儿吹灭，苦要求欢。阿秀怕声张起来，被丫鬟们听见了，坏了大事，只得勉从。有人作《如梦令》词云：

> 可惜名花一朵，绣幕深闺藏护。不遇探花郎，抖被狂蜂残破。错误，错误！怨杀东风分付。

常言事不三思，终有后悔。孟夫人要私赠公子，玉成亲事，这是锦片的一团美意，也是天大的一桩事情，如何不教老园公亲见公子一面？及至假公子到来，只合当面嘱付一番，把东西赠他，再教老园公送他回去，看个下落，万无一失。千不合，万不合，教女儿出来相见，又教女儿自往东厢叙话。这分明放一条方便路，如何不做出事来？莫说是假的，就是真的，也使不得，枉做了一世牵扯的话柄。这也算做姑息之爱，反害了女儿的终身。

闲话休题。且说假公子得了便宜，放松那小姐去了。五鼓时，夫人教丫鬟催促起身梳洗，用些茶汤点心之类。又嘱付道："拙夫不久便回，贤婿早做准备，休得怠慢。"假公子别了夫人，出了后花园门，一头走一头想道："我白白里骗了一个宦家闺女，又得了许多财帛，不曾露出马脚，万分侥幸。只是今日鲁家又来，不为全美。听得说顾金事不久便回，我如今再耽搁他一日，待明日才放他去。若得顾金事回来，他便不敢去了，这事就十分干净了。"计较已定，走到个酒店上自饮三杯，吃饱了肚里，直延捱到午后，方才回家。

鲁公子正等得不耐烦，只为没有衣服，转身不得。姑娘也焦燥起来，教庄家往东村寻取儿子，并无踪迹。走向媳妇田氏房前问道："儿子衣服有么？"田氏道："他自己检在箱里，不曾留得钥匙。"原来田氏是东村田贡元的女儿，到有十分颜色，又且通书达礼。田贡元原是石城县中有名的一个豪杰，只为一个有司官与他做对

头，要下手害他，却是梁尚宾的父亲与他舅子鲁廉宪说了，廉宪也素闻其名，替他极口分辨，得免其祸。因感激梁家之恩，把这女儿许他为媳。那田氏像了父亲，也带三分侠气，见丈夫是个蠢货，又且不干好事，心下每每不悦，开口只叫做"村郎"。以此夫妇两不和顺，连衣服之类，都是那"村郎"自家收拾，老婆不去管他。

却说姑侄两个正在心焦，只见梁尚宾满脸春色回家。老娘便骂道："兄弟在此专等你的衣服，你却在那里嗤酒，整夜不归？又没寻你去处！"梁尚宾不回娘语，一径到自己房中，把袖里东西都藏过了，才出来对鲁公子道："偶为小事缠住身子，耽搁了表弟一日，休怪休怪！今日天色又晚了，明日回宅罢。"老娘骂道："你只顾把件衣服借与做兄弟的，等他自己干正务，管他今日明日！"鲁公子道："不但衣服，连鞋袜都要告借。"梁尚宾道："有一双青段子鞋在间壁皮匠家底，今晚催来，明日早奉穿去。"鲁公子没奈何，只得又住了一宿。

到明朝，梁尚宾只推头疼，又睡个日高三丈，早饭都吃过了，方才起身。把道袍、鞋、袜慢慢的逐件搬将出来，无非要延捱时刻，误其美事。鲁公子不敢就穿，又借个包袱儿包好，付与老婆子拿了。姑娘收拾一包白米和些瓜菜之类，唤个庄客送公子回去，又嘱付道："若亲事就绪，可来回复我一声，省得我牵挂。"鲁公子作揖转身，梁尚宾相送一步，又说道："兄弟，你此去须是仔细，不知他意儿好歹，真假何如。依我说，不如只往前门硬挺着身子进去，怕不是他亲女婿，赶你出来？又且他家差老园公请你，有凭有据，须不是你自轻自贱。他有好意，自然相请；若是翻转脸来，你拚得与他诉落一场，也教街坊上人晓得。倘到后园旷野之地，被他暗算，你却没有个退步。"鲁公子又道："哥哥说得是。"正是：

> 背后害他当面好，有心人对没心人。

鲁公子回到家里，将衣服鞋袜装扮起来。只有头巾分寸不对，不曾借得。把旧的脱将下来，用清水摆净，教婆子在邻舍家借个熨斗，吹些火来熨得直直的；有些磨坏的去处，再把些饭儿粘得硬硬的，墨儿涂得黑黑的。只是这顶巾，也弄了一个多时辰，左带右带，只怕不正。教婆子看得件件停当了，方才移步径投顾佥事家来。门公认是生客，回道："老爷东庄去了。"鲁公子终是宦家的子弟，不慌不忙的说道："可通报老夫人，说道鲁某在此。"门公方知是鲁公子，却不晓得来情，便道："老爷不在家，小人不敢乱传。"鲁公子道："老夫人有命，唤我到来，你去通报自知，须不连累你们。"门公传话进去，禀说：“鲁公子在外要见，还是留他进来，还是辞他？”

　　孟夫人听说，吃了一惊，想：“他前日去得，如何又来？且请到正厅坐下。”先教管家婆出去，问他有何话说。管家婆出来瞧了一瞧，慌忙转身进去，对老夫人道：“这公子是假的，不是前夜的脸儿。前夜是胖胖儿的，黑黑儿的；如今是白白儿的，瘦瘦儿的。”夫人不信道：“有这等事？”亲到后堂，从帘内张看，果然不是了。孟夫人心上委决不下，教管家婆出去，细细把家事盘问，他答来一字无差。孟夫人初见假公子之时，心中原有疑惑；今番的人才清秀，语言文雅，倒像真公子的样子。再问今日为何而来，答道：“前蒙老园公传语呼唤，因鲁某羁滞乡间，今早才回，特来参谒，望恕迟误之罪。”夫人道：“这是真情无疑了。只不知前夜打脱冒的冤家，又是那里来的？”慌忙转身进房，与女儿说其缘故，又道：“这都是做爹的不存天理，害你如此，悔之不及！幸而没人知道，往事不须题起了。如今女婿在外，是我特地请来的，无物相赠，如之奈何？”正是：

　　　　只因一着错，满盘都是空。

　　阿秀听罢，呆了半晌。那时一肚子情怀，好难描写：说慌又不是慌，说羞又不是羞，说恼又不是恼，说苦又不是苦，分明似乱针刺体，痛痒难言。喜得他志气过人，早有了三分主意，便道："母亲且与他相见，我自有道理。"

孟夫人依了女儿言语，出厅来相见公子。公子掇一把校椅朝上放下："请岳母大人上坐，待小婿鲁某拜见。"孟夫人谦让了一回，从旁站立，受了两拜，便教管家婆扶起看坐。公子道："鲁某只为家贫，有缺礼数。蒙岳母大人不弃，此恩生死不忘。"夫人自觉惶愧，无言可答。忙教管家婆把厅门掩上，请小姐出来相见。阿秀站住帘内，如何肯移步！只教管家婆传语道："公子不该耽搁乡间，负了我母子一片美意。"公子推故道："某因患病乡间，有失奔趋。今方践约，如何便说相负？"阿秀在帘内回道："三日以前，此身是公子之身；今迟了三日，不堪伏侍巾栉，有玷清门。便是金帛之类，亦不能相助了。所存金钗二股，金钿一对，聊表寸意。公子宜别选良姻，休得以妾为念。"管家婆将两般首饰递与公子，公子还疑是悔亲的说话，那里肯收。阿秀又道："公子但留下，不久自有分晓。公子请快转身，留此无益！"说罢，只听得哽哽咽咽的哭了进去。鲁学曾愈加疑惑，向夫人发作道："小婿虽贫，非为这两件首饰而来。今日小姐似有决绝之意，老夫人如何不出一语？既如此相待，又呼唤鲁某则甚？"夫人道："我母子并无异心，只为公子来迟，不将姻事为重，所以小女心中愤怨，公子休得多疑。"鲁学曾只是不信，叙起父亲存日许多情分，"如今一死一生，一贫一富，就忍得改变了？鲁某只靠得岳母一人做主，如何三日后，也生退悔之心？"劳劳叨叨的说个不休。

孟夫人有口难辨，倒被他缠住身子，不好动身。忽听得里面乱将起来，丫鬟气喘喘的奔来报道："奶奶，不好了！快来救小姐！"吓得孟夫人一身冷汗，巴不得再添两只脚在肚下，管家婆扶着左腋，跑到绣阁，只见女儿将罗帕一幅，缢死在床上。急急解救时，气已绝了，叫唤不醒，满房人都哭起来。鲁公子听小姐缢死，还道是做成的圈套，撺他出门，兀自在厅中嚷刮。孟夫人忍着疼痛，传话请公子进来。公子来到绣阁，只见牙床锦被上，直挺挺躺着个死小姐。夫人哭道："贤婿，你今番认一认妻子。"公子当下如万箭攒心，放声大哭。夫人道："贤婿，此处非你久停之所，怕惹出是非，贻累不小，快请回罢。"教管家婆将两般首饰，纳在公子袖中，送他出去。鲁公子无可奈何，只得挹泪出门去了。

这里孟夫人一面安排入殓，一面东庄去报顾金事回来，只说女儿不愿停婚，自缢身死。顾金事懊悔不迭，哭了一场，安排成丧出殡不题。后人有诗赞阿秀云：

死生一诺重千金，谁料奸谋祸阱深？

三尺红罗报夫主，始知污体不污心。

却说鲁公子回家看了金钗钿，哭一回，叹一回，疑一回，又解一回，正不知什么缘故，也只是自家命薄所致耳。过了一晚，次日把借来的衣服鞋袜，依旧包好，亲到姑娘家去送还。梁尚宾晓得公子到来，到躲了出去了。公子见了姑娘说起小姐缢死一事，梁妈妈连声感叹，留公子酒饭去了。

梁尚宾回来，问道："方才表弟到此，说曾到顾家去不曾？"梁妈妈道："昨日去的。不知什么缘故，那小姐嗔怪他来迟三日，自缢而死。"梁尚宾不觉失口叫声："呵呀，可惜好个标致小姐！"梁妈妈道："你那里见来？"梁尚宾遮掩不来，只得把自己打脱冒事，述了一遍。梁妈妈大惊，骂道："没天理的禽兽，做出这样勾当！你这房亲事还亏母舅作成你的，你今日恩将仇报，反去破坏了做兄弟的姻缘，又害了顾小姐一命，汝心何安？"千禽兽，万禽兽，骂得梁尚宾开口不得。走到自己房中，田氏闭了房门，在里面骂道："你这样不义之人，不久自有天报，休想善终！从今你自你，我自我，休得来连累人！"梁尚宾一肚气，正没出处；又被老婆诉说。一脚跌开房门，揪了老婆头发便打。又是梁妈妈走来，喝了儿子出去。田氏捶胸大哭，要死要活。梁妈妈劝他不住，唤个小轿抬回娘家去了。

梁妈妈又气又苦，又受了惊，又愁事迹败露。当晚一夜不睡，发寒发热，病了七日，呜呼哀哉！田氏闻得婆婆死了，特来奔丧带孝。梁尚宾旧愤不息，便骂道："贼泼妇！只道你住在娘家一世，如何又有回家的日子？"两下又争闹起来。田氏道："你干了亏心的事，气死了老娘，又来消遣我！我今日若不是婆死，永不见你'村郎'之面！"梁尚宾道："怕断了老婆种？要你这泼妇见我！只今日便休了你去，再莫上门！"田氏道："我宁可终身守寡，也不愿随你这样不义之徒。若是休了到得干净，回去烧个利市。"梁尚宾一向夫妻无缘，到此说了尽头话，憋一口气，真个就写了离书，手印，付与田氏。田氏拜别婆婆灵位，哭了一场，出门而去。正是：

> 有心去调他人妇，无福难招自己妻。

> 可惜田家贤慧女，一场相骂便分离。

话分两头。再说孟夫人追思女儿，无日不哭。想道："信是老欧寄去的，那黑胖汉子，又是老欧引来的，若不是通同作弊，也必然漏泄他人了。"等丈夫出门拜客，唤老欧到中堂，再三讯问。却说老欧传命之时，其实不曾泄漏，鲁学曾自家不合借衣，惹出来的奸计。当夜来的是假公子，三日后来的是真公子，孟夫人肚里明明晓得有两个人，那老欧肚里还自认做一个人，随他分辨，如何得明白？夫人大怒，喝教手下把他拖番在地，重责三十板子，打得皮开血喷。顾金事一日偶到园中，叫老园公扫地，听说被夫人打坏，动掸不得，教人扶来，问其缘故。老欧将夫人差去约鲁公子来家，及夜间房中相会之事，一一说了。顾金事大怒道："原来如此！"便叫打轿，亲到县中，与知县诉知其事，要将鲁学曾抵偿女儿之命。知县教补了状词，差人拿鲁学曾到来，当堂审问。鲁公子是老实人，就把实情细细说了："见有金钗钿两般，是他所赠，其后园私会之事，其实没有。"知县就唤园公老欧对证。这老人家两眼模糊，前番黑夜里认假公子的面庞不真，又且今日家主分付了说话，一口咬定鲁公子，再不松放。知县又徇了顾金事人情，着实用刑拷打。鲁公子吃苦不过，只得招道："顾奶奶好意相唤，将金钗钿助为聘资。偶见阿秀美貌，不合辄起淫心，强逼行奸。到第三日，不合又往，致阿秀羞愤自缢。"知县录了口词，审得鲁学曾与阿秀空言议婚，尚未行聘过门，难以夫妻而论。既因奸致死，合依威逼律问绞。一面发在死囚牢里，一面备文书申详上司。孟夫人闻知此信大惊，又访得他家只有一个老婆子，也吓得病倒，无人送饭。想起："这事与鲁公子全没相干，到是我害了他。"私下处些银两，分付管家婆央人替他牢中使用。又屡次劝丈夫保全公子性命。顾佥事愈加忿怒。石城县把这件事当做新闻沿街传说。正是：

> 好事不出门，恶事行千里。

顾佥事为这声名不好，必欲置鲁学曾于死地。

再说有个陈濂御史，湖广籍贯，父亲与顾佥事是同榜进士，以此顾佥事叫他是年侄。此人少年聪察，专好辨冤析枉。其时正奉差巡按江西。未入境时，顾佥事先去嘱托此事。陈御史口虽领命，心下不以为然。莅任三日，便发牌按临赣州，吓得那一府官吏尿流屁滚。审录日期，各县将犯人解进。陈御史审到鲁学曾一起，阅了招词，又把金钗钿看了，叫鲁学曾问道："这金钗钿是初次与你的么？"鲁学曾道："小人只去得一次，并无二次。"御史道："招上说三日后又去，是怎么说？"鲁学曾口称冤枉，诉道："小人的父亲存日，定下顾家亲事。因父亲是个清官，死后家道消乏，小人无力行聘。岳父顾佥事欲要悔亲，是岳母不肯，私下差老园公来唤小人去，许赠金帛。小人羁身在乡，三日后方去。那日只见得岳母，并不曾见小姐之面，这奸情是屈招的。"御史道："既不曾见小姐，这金钗钿何人赠你？"鲁学曾道："小姐立在帘内，只责备小人来迟误事，莫说婚姻，连金帛也不能相赠了，这金钗钿权留个忆念。小人还只认做悔亲的话，与岳母争辨；不期小姐房中缢死，小人至今不知其故。"御史道："恁般说，当夜你不曾到后园去了？"鲁学曾道："实不曾去。"御史想了一回："若特地唤去，岂止赠他钗钿二物？详阿秀抱怨口气，必然先有人冒去东西，连奸骗都是有的，以致羞愤而死。"便叫老欧问道："你到鲁家时，可曾见鲁学曾么？"老欧道："小人不曾面见。"御史道："既不曾面见，夜间来的你如何就认得是他？"老欧道："他自称鲁公子，特来赴约，小人奉主母之命，引他进见的，怎赖得没有？"御史道："相见后，几时去的？"老欧道："闻得里面夫人留酒，又赠他许多东西，五更时去的。"鲁学曾又叫屈起来，御史喝住了。又问老欧："那鲁学曾第二遍来，可是你引进的？"老欧道："他第二遍从前门来的，小人并不知。"御史道："他第一次如何不到前门，却到后园来寻你？"老欧道："我家奶奶着小人寄信，原教他在后园来的。"御史唤鲁学曾问道："你岳母原教你到后园来，你却如何往前门去？"鲁学曾道："他虽然相唤，小人不知意儿真假，只怕园中旷野之处，被他暗算；所以径奔前门，不曾到后园去。"御史想来，鲁学曾与园公分明是两样说知，其中必有情弊。御史又指着鲁学曾问老欧道："那后园来的，可是这个嘴脸，你可认得真么？不要胡乱答应。"老欧道："昏黑中小人认得不十分真，像是这个脸儿。"御史道："鲁学曾既不在家，你的信却寄与何人的？"老欧道："他家只有个老婆婆，小人对他说的，并无闲人在旁。"御史道："毕竟还对何人说来？"老欧道："并没有第二个人知觉。"御史沉吟半晌，想道："不究出根由，如何定罪？怎好回复老年伯？"又问鲁学曾道："你说在乡，离城多少？家中几时寄到的信？"鲁学曾道："离北门外只十里，是本日得信的。"御史拍案叫道："鲁学曾，你说三日后方到顾家，是虚情了。既知此信，有恁般好事，路又不远，怎么迟延三日？理上也说不去！"鲁学曾道："爷爷息怒，小人细禀：小人因家贫，往乡间姑娘家借米。闻得此信，便欲进城。怎奈衣衫蓝缕，与表兄借件遮丑，已蒙许下。怎奈这日他有事出去，直到明晚方归。小人专等衣服，所以迟了两日。"御史道："你表兄晓得你借衣服的缘故不？"鲁学曾道："晓得的。"御史道："你表兄何等人？叫甚名字？"鲁学曾道："名唤梁尚宾，庄户人家。"御史听罢，喝散众人：

“明日再审。”正是：

> 如山巨笔难轻判，似佛慈心待细参。

> 公案见成翻者少，覆盆何处不冤含？

次日，察院小开门，挂一面宪牌出来。牌上写道：“本院偶染微疾，各官一应公务，俱候另示施行。本月　日。”府县官朝暮问安，自不必说。

话分两头。再说梁尚宾自闻鲁公子问成死罪，心下到宽了八分。一日听得门前喧嚷，在壁缝张看时，只见一个卖布的客人，头上带一顶新孝头巾，身穿旧白布道袍，口内打江西乡谈，说是南昌府人，在此贩布买卖，闻得家中老子身故，星夜要赶回，存下几百匹布，不曾发脱，急切要投个主儿，情愿让些价钱。众人中有要买一匹的，有要两匹三匹的，客人都不肯，道：“恁地零星卖时，再几时还不得动身。那个财主家一总脱去，便多让他些也罢。”梁尚宾听了多时，便走出门来问道：“你那客人存下多少布？值多少本钱？”客人道：“有四百余匹，本钱二百两。”梁尚宾道：“一时间那得个主儿？须是肯折些，方有人贪你。”客人道：“便折十来两，也说不得。只要快当，轻松了身子好走路。”梁尚宾看了布样，又到布船上去翻复细看，口里只夸：“好布，好布！”客人道：“你又不做个要买的，只管翻乱了我的布包，耽搁人的生意。"梁尚宾道："怎见得我不像个买的？"客人道："你要买时，借银子来看。"梁尚宾道："你若加二肯折，我将八十两银子，替你出脱了一半。"客人道："你也是呆话！做经纪的，那里折得起加二？况且只用一半，这一半我又去投谁？一般样耽搁了。我说不像要买的！"又冷笑道："这北门外许多人家，就没个财主，四百匹布便买不起！罢，罢，摇到东门寻主儿去。"梁尚宾听说，心中不忿；又见价钱相因，有些出息，放他不下，便道："你这客人好欺负人！我偏要都买了你的，看如何？"客人道："你真个都买我的？我便让你二十两。"梁尚宾定要折四十两，客人不肯。众人道："客人，你要紧脱货；这位梁大官，又是贪便宜的。依我们说，从中酌处，一百七十两，成了交易罢。"客人初时也不肯，被众人劝不过，道："罢！这十两银子，奉承列位面上。快些把银子兑过，我还要连夜赶路。"梁尚宾道："银子凑不来许多，有几件首饰，可用得着么？"客人道："首饰也就是银子，只要公道作价。"梁尚宾邀入客坐，将银子和两寸银钟，共兑准了一百两；又金首饰尽数搬来，众人公同估价，勾了七十两之数。与客收讫，交割了布匹。梁尚宾看这场交易尽有便宜，欢喜无限。正是：

贪痴无底蛇吞象，祸福难明螳捕蝉。

原来这贩布的客人，正是陈御史装的。他托病关门，密密分付中军官聂千户，安排下这些布匹，先雇下小船，在石城县伺候。他悄地带个门子私行到此，聂千户就扮做小郎跟随，门子只做看船的小厮，并无人识破，这是做官的妙用。

却说陈御史下了小船，取出见成写就的宪牌填上梁尚宾名字，就着聂千户密拿。又写书一封，请顾金事到府中相会。比及御史回到察院，说病好开门，梁尚宾已解到了，顾金事也来了。御史忙教摆酒后堂，留顾金事小饭。坐间，顾金事又提起鲁学曾一事。御史笑道："今日奉屈老年伯到此，正为这场公案，要剖个明白。"便教门子开了护书匣，取出银钟二对，及许多首饰，送与顾金事看。顾金事认得是家中之物，大惊问道："那里来的？"御史道："令爱小姐致死之由，只在这几件东西上。老年伯请宽坐，容小侄出堂，问这起数与老年伯看，释此不决之疑。"

御史分付开门，仍唤鲁学曾一起复审。御史且教带在一边，唤梁尚宾当面。御史喝道："梁尚宾，你在顾金事家，干得好事！"梁尚宾听得这句，好似青天里闻了个霹雳，正在硬着嘴分辨。只见御史教门子把银钟、首饰与他认赃，问道："这些东西那里来的？"梁尚宾抬头一望，那御史正是卖布的客人，唬得顿口无言，只叫："小人该死。"御史道："我也不动夹棍，你只将实情写供状来。"梁尚宾料赖不过，只得招称了。你说招词怎么写来？有词名《锁南枝》——只为证：

> 写供状，梁尚宾。只因表弟鲁学曾，岳母念他贫，约他助行聘。为借衣服知此情，不合使欺心，缓他行。乘昏黑，假学曾，园公引入内室门，见了孟夫人，把金银厚相赠。因留宿，有了奸骗情。三日后学曾来，将小姐送一命。

御史取了招词，唤园公老欧上来："你仔细认一认，那夜间园上假装鲁公子的，可是这个人？"老欧睁开两眼看了道："爷爷，正是他。"御史喝教皂隶，把梁尚宾重责八十；将鲁学曾枷杻打开，就套在梁尚宾身上。合依强奸论斩，发本县监候处决。布四百匹追出，仍给铺户取价还库。其银两、首饰，给与老欧领回。金钗、金钿，断还鲁学曾。俱释放宁家。鲁学曾拜谢活命之恩。正是：

> 奸如明镜照，恩喜覆盆开。
>
> 生死俱无憾，神明御史台。

却说顾金事在后堂，听了这番审录，惊骇不已。候御史退堂，再三称谢道："若非老公祖神明烛照，小女之冤，几无所伸矣。但不知银两、首饰，老公祖何由取到？"御史附耳道："小侄如此如此。"顾金事道："妙哉！只是一件，梁尚宾妻子，必知其情；寒家首饰，定然还有几件在彼。再望老公祖一并逮问。"御史道："容易。"便行文书，仰石城县提梁尚宾妻严审，仍追余赃回报。顾金事别了御史自回。

却说石城县知县见了察院文书，监中取出梁尚宾问道："你妻子姓甚？这一事曾否知情？"梁尚宾正怀恨老婆，答应道："妻田氏，因贪财物，其实同谋的。"知县当时金禀差人提田氏到官。

话分两头。却说田氏父母双亡，只在哥嫂身边，针指度日。这一日，哥哥田重文正在县前，闻知此信，慌忙奔回，报与田氏知道。田氏道："哥哥休慌，妹子自有道理。"当时带了休书上轿，径抬到顾金事家，来见孟夫人。夫人发一个眼花，分明看见女儿阿秀进来。及至近前，却是个蓦生标致妇人，吃了一惊，问道："是谁？"田氏拜倒在地，说道："妾乃梁尚宾之妻田氏。因恶夫所为不义，只恐连累，预先离异了。贵宅老爷不知，求夫人救命。"说罢，就取出休书呈上。

夫人正在观看，田氏忽然扯住夫人衫袖，大哭道：

“母亲，俺爹害得我好苦也！”夫人听得是阿秀的声音，也哭起来。便叫道：“我儿，有甚话说？”只见田氏双眸紧闭，哀哀的哭道：“孩儿一时错误，失身匪人，羞见公子之面，自缢身亡，以完贞性。何期爹爹不行细访，险些反害了公子性命。幸得暴白了，只是他无家无室，终是我母子担误了他。母亲若念孩儿，替爹爹说声，周全其事，休绝了一脉姻亲。孩儿在九泉之下，亦无所恨矣。”说罢，跌倒在地。夫人也哭昏了。管家婆和丫鬟、养娘都团聚将来，一齐唤醒。那田氏还呆呆的坐地，问他时全然不省。夫人看了田氏，想起女儿，重复哭起，众丫鬟劝住了。夫人悲伤不已，问田氏：“可有爹娘？”田氏回说：“没有。”夫人道：“我举眼无亲，见你，如见我女儿一般，你做我的义女肯么？”田氏拜道：“若得伏侍夫人，贱妾有幸。”夫人欢喜，就留在身边了。

顾金事回家，闻说田氏先期离异，与他无干，写了一封书帖，和休书送与县官，求他免提，转回察院。又见田氏贤而有智，好生敬重，依了夫人收为义女。夫人又说起女儿阿秀负魂一事：“他千叮万嘱：休绝了鲁家一脉姻亲。如今田氏少艾，何不就招鲁公子为婿，以续前姻？”顾金事见鲁学曾无辜受害，甚是懊悔。今番夫人说话有理，如何不依？只怕鲁公子生疑，亲到其家，谢罪过了，又说续亲一事。鲁公子再三推辞不过，只得允从。就把金钗钿为聘，择日过门成亲。

原来顾佥事在鲁公子面前，只说过继的远房侄女；孟夫人在田氏面前，也只说赘个秀才，并不说真名真姓。到完婚以后，田氏方才晓得就是鲁公子，公子方才晓得就是梁尚宾的前妻田氏。自此夫妻两口和睦，且是十分孝顺。顾佥事无子，鲁公子承受了他的家私，发愤攻书。顾佥事见他三场通透，送入国子监，连科及第。所生二子，一姓鲁，一姓顾，以奉两家宗祀。梁尚宾子孙遂绝。诗曰：

> 一夜欢娱害自身，百年姻眷属他人。
>
> 世间用计行奸者，请看当时梁尚宾。

第三卷　新桥市韩五卖春情

情宠娇多不自由，骊山举火戏诸侯。

只知一笑倾人国，不觉胡尘满玉楼。

这四句诗，是胡曾《咏史诗》。专道着昔日周幽王宠一个妃子，名曰褒姒，千方百计的媚他。因要取褒姒一笑，向骊山之上，把与诸侯为号的烽火烧起来；诸侯只道幽王有难，都举兵来救，及到幽王殿下，寂然无事。褒姒呵呵大笑。后来犬戎起兵来攻，诸侯皆不来救；犬戎遂杀幽王于骊山之下。又春秋时，有个陈灵公，私通于夏徵舒之母夏姬。与其臣孔宁、仪行父日夜往其家，饮酒作乐。徵舒心怀愧恨，射杀灵公。后来六朝时，陈后主宠爱张丽华、孔贵嫔，自制《后庭花》曲，姱美其色，沉湎淫逸，不理国事。被隋兵所追，无处躲藏，遂同二妃投入井中，为隋将韩擒虎所获，遂亡其国。诗云：

> 欢娱夏厩忽兴戈，眢井犹闻《玉树》歌。

> 试看二陈同一律，从来亡国女戎多。

当时，隋炀帝也宠萧妃之色。要看扬州景，用麻叔度为帅，起天下民夫百万，开汴河一千余里，役死人夫无数。造凤舰龙舟，使宫女牵之，两岸乐声闻于百里。后被宇文化及造反江都，斩炀帝于吴公台下，其国亦倾。有诗为证：

> 千里长河一旦开，亡隋波浪九天来。

> 锦帆未落干戈起，惆怅龙舟更不回。

至于唐明皇宠爱杨贵妃之色，春纵春游，夜专夜宠。谁想杨妃与安禄山私通，却抱禄山做孩儿。一日，云雨方罢，杨妃钗横鬓乱，被明皇撞见，支吾过了。明皇从此疑心，将禄山除出在渔阳地面做节度使。那禄山思恋杨妃，举兵反叛。正是：

> 渔阳鼙鼓动地来，惊破《霓裳羽衣曲》。

那明皇无计奈何，只得带取百官逃难。马嵬山下兵变，逼死了杨妃，明皇直走到西蜀。亏了郭令公血战数年，才恢复得两京。

　　且如说这几个官家，都只为贪爱女色，致于亡国捐躯。如今愚民小子，怎生不把色欲警戒！

　　说话的，你说那戒色欲则甚？自家今日说一个青年子弟，只因不把色欲警戒，去恋着一个妇人，险些儿坏了堂堂六尺之躯，丢了泼天的家计，惊动新桥市上，变成一本风流说话。正是：

> 好将前事错，传与后人知。

　　说这宋朝临安府，去城十里，地名湖墅；出城五里，地名新桥。那市上有个富户吴防御，妈妈潘氏，止生一子，名唤吴山，娶妻余氏，生得四岁一个孩儿。防御门首开个丝绵铺，家中放债积谷，果然是金银满箧，米谷成仓！去新桥五里，地名灰桥市上，新造一所房屋，令子吴山，再拨主管帮扶，也好开一个铺。家中收下的丝绵，发到铺中卖与在城机户。吴山生来聪俊，粗知礼义；干事朴实，不好花哄。因此防御不虑他在外边闲理会。

　　且说吴山每日蚤晨到铺中卖货，天晚回家。这铺中房屋，只占得门面，里头房屋都是空的。忽一日，吴山在家有事，至晌午才到铺中，走进看时，只见屋后河边泊着两只剥船，船上许多箱笼、桌、凳、家火，四五个人尽搬入空屋里来。船上走起三个妇人：一个中年胖妇人，一个老婆子，一个小妇人，尽走入屋里来。只因这妇人入屋，有分教吴山：

　　身如五鼓衔山月，命似三更油尽灯。

吴山问主管道："甚么人不问事由，擅自搬入我屋来？"主管道："在城人家。为因里役，一时间无处寻屋，央此间邻居范老来说，暂住两三日便去。正欲报知，恰好官人自来。"吴山正欲发怒，见那小娘子敛袂向前深深的道个万福："告官人息怒，非干主管之事，是奴家大胆，一时事急，出于无奈，不及先来宅上禀知，望乞恕罪。容住三四日，寻了屋就搬去。房金依例拜纳。"吴山便放下脸来道："既如此，便多住些时也不妨，请自稳便。"妇人说罢，就去搬箱运笼。吴山看得心痒，也替他搬了几件家火。

说话的，你说吴山平生鲠直，不好花哄。因何见了这个妇人，回嗔作喜，又替他搬家火？你不知道，吴山在家时，被父母拘管得紧，不容他闲走。他是个聪明俊俏的人，干事活动，又不是一个木头的老实；况且青春年少，正是他的时节；父母又不在面前，浮铺中见了这个美貌的妇人，如何不动心？那胖妇人与小妇人都道：

"不劳官人用力。"吴山道:"在此间住,就是自家一般,何必见外?"彼此俱各欢喜。天晚,吴山回家,分付主管与里面新搬来的说:"写纸房契来与我。"主管答应了,不在话下。

且说吴山回到家中,并不把搬来一事说与父母知觉。当夜心心念念,想着那小妇人。次日早起,换身好衣服,打扮齐整,叫个小厮寿童跟着,摇摆到店中来。正是:

> 没兴店中赊得酒,命衰撞着有情人。

吴山来到铺中,卖了一回货。里面走动的八老来接吃茶,要纳房状。吴山心下正要进去,恰好得八老来接,便起身入去。只见那小妇人笑容可掬,接将出来万福:"官人请里面坐。"吴山到中间轩子内坐下。那老婆子和胖妇人都来相见陪坐,坐间止有三个妇人。吴山动问道:"娘子高姓?怎么你家男儿不见一个?"胖妇人道:"拙夫姓韩,与小儿在衙门跟官。蚤去晚回,官身不得相会。"坐了一回,吴山低着头睃那小妇人。这小妇人一双俊俏眼觑着吴山道:"敢问官人青春多少?"吴山道:"虚度二十四岁。拜问娘子青春?"小妇人道:"与官人一缘一会,奴家也是二十四岁。城中搬下来,偶辏遇官人，又是同岁，正是有缘千里能相会。"

那老妇人和胖妇人看见关目，推个事故起身去了，止有二人对坐。小妇人到把些风流话儿挑引吴山。吴山初然只道好人家，容他住，不过研光而已。谁想见面，到来刮涎，才晓得是不停当的。欲待转身出去，那小妇人又走过来挨在身边坐定，作娇作痴，说道："官人，你将头上金簪子来借我看一看。"吴山除了帽子，正欲拔时，被小妇人一手按住吴山头髻，一手拔了金簪，就便起身道："官人，我和你去楼上说句话。"一头说，径走上楼去了。吴山随后跟上楼来讨簪子。正是：

> 由你奸似鬼，也吃洗脚水。

吴山走上楼来，叫道："娘子，还我簪子！家中有事，就要回去。"妇人道："我与你是宿世姻缘，你不要妆假，愿谐枕席之欢。"吴山道："行不得！倘被人知觉，却不好看，况此间耳目较近。"时要下楼，怎奈那妇人放出那万种妖娆，搂住吴山，倒在怀里，将尖尖玉手，扯下吴山裙裤。情兴如火，按捺不住；携手上床，成其云雨。霎时云收雨散，两个起来偎倚而坐。吴山且惊且喜，问道："姐姐，你叫做甚么名字？"妇人道："奴家排行第五，小字赛金。长大，父母顺口叫道金奴。敢问官人排行第几？宅上做甚行业？"吴山道："父母止生得我一身，家中收丝放债，新桥市上出名的财主。此间门前铺子，是我自家开的。"金奴暗喜道："今番缠得这个有钱的男儿，也不枉了。"

原来这人家是隐名的娼妓，又叫做"私窠子"，是不当官吃衣饭的。家中别无生意，只靠这一本帐。那老妇人是胖妇人的娘，金奴是胖妇人的女儿。在先，胖妇人也是好人家出来的，因为丈夫无用，阄阄不得已干这般勾当。金奴自小生得标致，又识几个字，当时已自嫁与人去了。只因在夫家不踅叠，做出来，发回娘家。事有凑巧，物有偶然。此时胖妇人年纪约近五旬，孤老来得少了，恰好得女儿来接代，也不当断这样行业，索性大做了。原在城中住，只为这样事被人告发，慌了，搬下来躲避。却恨吴山偶然撞在了手里，圈套都安排停当，漏将入来，不由你不落水。怎地男儿汉不见一个？但看有人来，父子们都回避过了，做成的规矩。这个妇人，但贪他的，便着他的手，不止陷了一个汉子。

当时金奴道："一时慌促搬来，缺少盘费。告官人，有银子乞借应五两，不可推故。"吴山应允了。起身整了衣冠，金奴依先还了金簪。两个下楼，依旧坐在轩子内。吴山自思道："我在此耽搁了半晌，虑恐邻舍们谭论。"又吃了一杯茶。金奴留吃午饭，吴山道："我耽搁长久，不吃饭了。少间就送盘缠来与你。"金奴道："午后特备一杯菜酒，官人不要见却。"说罢，吴山自出铺中。

原来外边近邻见吴山进去。那房屋却是两间六椽的楼屋，金奴只占得一间做房，这边一间就是丝铺，上面却是空的。有好事哥哥，见吴山半晌不出来，伏在这间空楼壁边，入马之时，都张见明白。比及吴山出来，坐在铺中，只见几个邻人都来和哄道："吴小官人，恭喜恭喜！"吴山初时已自心疑他们知觉，次后见众人来取笑，他通红了脸皮，说道："好没来由！有甚么喜贺？"内中有原张见的，是对门开杂货铺的沈二郎，叫道："你兀自赖哩，拔了金簪子，走上楼去做甚么？"吴山被他一句说着了，顿口无言，推个事故，起身便走。众人拦住道："我们斗分银子，与你作贺。"

吴山也不顾众说，使性子往西走了。去到娘舅潘家，讨午饭吃了。踱到门前，向一个店家借过等子，将身边买丝银子称了二两，放在袖中。又闲坐了一回，捱到半晚，复到铺中来。主管道："里面住的正在此请官

人吃酒。"恰好八老出来道："官人，你那里闲耍？教老子没处寻。家中特备菜酒，止请主管相陪，再无他客。"吴山就同主管走到轩子下。已安排齐整，无非鱼、肉、酒、果之类。吴山正席，金奴对坐，主管在旁。三人坐定，八老筛酒，吃过几杯，主管会意，只推要收铺中，脱身出来。吴山平日酒量浅，主管去了，开怀与金奴吃了十数杯，便觉有些醉来。将袖中银子送与金奴，便起身挽了金奴手道："我有一句话和你说：这桩事，却有些不谐当。邻舍们都知了，来打和哄。倘或传到我家去，父母知道，怎生是好？此间人眼又紧，口嘴又歹，容不得人。倘有人不惬气，在此飞砖掷瓦，安身不稳。姐姐，依着我口，寻个僻静所在去住，我自常来看顾你。"金奴道："说得是！奴家就与母亲商议。"说罢，那老子又将两杯茶来。吃罢，免不得又做些干生活。吴山辞别动身，嘱付道："我此去未来哩，省得众人口舌。待你寻得所在，八老来说知，我来送你起身。"说罢，吴山出来铺中，分付主管说话，一径自回，不在话下。

且说金奴送吴山去后，天色已晚。上楼卸了浓妆，下楼来吃了晚饭，将吴山所言移屋一节，备细说与父母知道。当夜各自安歇。次早起来，胖妇人分付八老悄地打听邻舍消息。八老到门前站了一回，趄到间壁粜米张大郎门前，闲坐了一回。只听得这几家邻舍指指搠搠，只说这事。八老回家，对这胖妇人说道："街坊上嘴舌，不是养人的去处。"胖妇人道："因为在城中被人打搅，无奈搬来，指望寻个好处安身，久远居住，谁想又撞这般的邻舍！"说罢叹了口气。一面教老公去寻房子，一面看邻舍动静计较。

却说吴山自那日回家，怕人嘴舌，瞒着父母，只推身子不快，一向不到店中来。主管自行卖货。金奴在家清闲不惯，八老又去招引旧时主顾，一般来走动。那几家邻舍初然只晓得吴山行踏，次后见往来不绝，方晓得是个大做的。内中有生事的道："我这里都是好人家，如何容得这等糟的在此住？常言道：近奸近杀。倘若争锋起来，致伤人命，也要带累邻舍。"说罢，却早那八老听得，进去说：今日邻舍们又如此如此说。胖妇人听得八老说了，没出气处，碾那老婆子道："你七老八老，怕兀谁？不出去门前叫骂这短命多嘴的鸭黄儿！"婆子听了，果然就起身走到门前叫骂道："那个多嘴贼鸭黄儿，在这里学放屁！若还敢来应我的，做这条老性命结识他。那个人家没亲眷来往？"邻舍们听得，道："这个贼做大的出精老狗，不说自家干这般没理的事，到来欺邻骂舍！"开杂货店沈二郎正要应那婆子，中间又有守本分的劝道："且由他！不要与这半死的争好歹，赶他起身便了。"婆子骂了几声，见无人来采他，也自入去。

却说众邻舍都来与主管说："是你没分晓，容这等不明不白的人在这里住。不说自家理短，反教老婆子叫骂邻舍。你耳内须听得。我们都到你主家说与防御知道，你身上也不好看。"主管道："列位高邻息怒，不必说得，蚤晚就着他搬去。"众人说罢，自去了。主管当时到里面对胖妇人说道："你们可快快寻个所在搬去，不要带累我。看这般模样，住也不秀气。"胖妇人道："不劳分付，拙夫已寻屋在城，只在旦晚就搬。"说罢，主管出来。胖妇人与金奴说道："我们明蚤搬入城。今日可着八老悄地与吴小官说知，只莫教他父母知觉。"

八老领语，走到新市上吴防御丝绵大铺，不敢径进。只得站在对门人家檐下蹅去，一眼只看着铺里。不多时，只见吴山踱将出来。看见八老，慌忙走过来，引那老子离了自家门首，借一个织熟绢人家坐下，问道："八老有甚话说？"八老道："家中五姐领官人尊命，明日搬入城去居住，特着老汉来与官人说知。"吴山道：

"如此最好，不知搬在城中何处？"八老道："搬在游奕营羊毛寨南横桥街上。"吴山就身边取出一块银子，约有二钱，送与八老道："你自将去买杯酒吃。明日晌午，我自来送你家起身。"八老收了银子，作谢了，一径自回。

且说吴山到次日巳牌时分，唤寿童跟随出门，走到归锦桥边南货店里，买了两包干果，与小厮拿着，来到灰桥市上铺里。主管相叫罢，将日逐卖丝的银子帐来算了一回。吴山起身，入到里面与金奴母子叙了寒温，将寿童手中果子，身边取出一封银子，说道："这两包粗果，送与姐姐泡茶。银子三两，权助搬屋之费。待你家过屋后，再来看你。"金奴接了果子并银两，母子两个起身谢道："重蒙见惠，何以克当！"吴山道："不必谢，日后正要往来哩。"说罢，起身看时，箱笼家火已自都搬下船了。金奴道："官人，去后几时来看我？"吴山道："只须三五日间，便来相望。"金奴一家别了吴山，当日搬入城去了。正是：

> 此处不留人，自有留人处。

且说吴山原有害夏的病：每过炎天时节，身体便觉疲倦，形容清减。此时正值六月初旬，因此请个针灸医

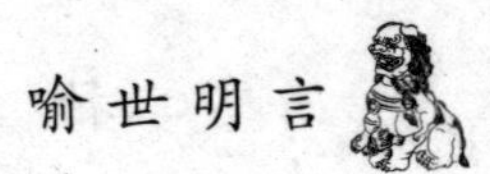

人，背后灸了几穴火，在家调养，不到店内。心下常常思念金奴，争奈灸疮疼，出门不得。

却说金奴从五月十七搬移在横桥街上居住，那条街上俱是营里军家，不好此事，路又僻拗，一向没人走动。胖妇人向金奴道："那日吴小官许下我们三五日间就来，到今一月，缘何不见来走一遍？若是他来，必然也看觑我们。"金奴道："可着八老去灰桥市上铺中探望他。"当时八老去，就出艮山门到灰桥市上丝铺里见主管。八老相见罢，主管道："阿公来，有甚事？"八老道："特来望吴小官。"主管道："官人灸火在家未痊，向不到此。"八老道："主管若是回宅，烦寄个信，说老汉到此不遇。"八老也不耽搁，辞了主管便回家中，回复了金奴。金奴道："可知不来，原来灸火在家。"

当日金奴与母亲商议，教八老买两个猪肚磨净，把糯米莲肉灌在里面，安排烂熟。次蚤，金奴在房中磨墨挥笔，拂开鸾笺写封简，道：

贱妾赛金再拜，谨启情郎吴小官人：自别尊颜，思慕之心，未尝少怠，悬悬不忘于心。向蒙期约，妾倚门凝望，不见降临。昨遣八老探拜，不遇而回。妾移居在此，甚是荒凉。听闻贵恙灸火疼痛，使妾坐卧不安。空怀思忆，不能代替。谨具猪肚二枚，少申问安之意，幸希笑纳。情照不宣。仲夏二十一日，贱妾赛金再拜。

写罢，折成简子，将纸封了，猪肚装在盒里，又用帕子包了。都交付八老，叮嘱道："你到他家，寻见吴小官，须索与他亲收。"

八老提了盒子，怀中揣着简帖，出门径往大街。走出武林门，直到新桥市上吴防御门首，坐在街檐石上。只见小厮寿童走出，看见叫道："阿公，你那里来，坐在这里？"八老扯寿童到人静去处说："我特来见你官人说话。我只在此等，你可与我报与官人知道。"寿童随即转身，去不多时，只见吴山踱将出来。八老慌忙作揖："官人，且喜贵体康安！"吴山道："好！阿公，你盒子里甚么东西？"八老道："五姐记挂官人灸火，没甚好物，只安排得两个猪肚，送来与官人吃。"吴山遂引那老子到个酒店楼上坐定，问道："你家搬在那里好么？"八老道："甚是消索。"怀中将柬帖子递与吴山。吴山接柬在手，拆开看毕，依先折了藏在袖中。揭开盒子拿一个肚子，教酒博士切做一盘，分付烫两壶酒来。吴山道："阿公，你自在这里吃，我家去写回字与你。"八老道：“官人请稳便。”吴山来到家里卧房中，悄悄的写了回简，又秤五两白银，复到酒店楼上，又陪八老吃了几杯酒。八老道：“多谢官人好酒，老汉吃不得了。”起身回去，吴山遂取银子并回柬说道：“这五两银子，送与你家盘缠。多多拜覆五姐，过三两日，定来相望。”八老收了银、简，起身下楼，吴山送出酒店。

却说八老走到家中，天晚入门，将银、简都付与金奴收了。将简拆开灯下看时，写道：

> 山顿首，字复爱卿韩五娘妆次：向前会间，多蒙厚款。又且云情雨意，枕席钟情，无时少忘。所期正欲趋会，生因贱躯灸火，有失卿之盼望。又蒙遣人垂顾，兼惠可口佳肴，不胜感念。二三日间，容当面会。白金五两，权表微情，伏乞收入。吴山再拜。

看简毕。金奴母子得了五两银子，千欢万喜，不在话下。

且说吴山在酒店里，捱到天晚，拿了一个猪肚，悄地里到自卧房，对浑家说：“难得一个识熟机户，闻我灸火，今日送两个熟肚与我。在外和朋友吃了一个，拿一个回来与你吃。”浑家道：“你明日也用作谢他。”当晚吴山将肚子与妻在房吃了，全不教父母知觉。

　　过了两日。第三日，是六月二十四日。吴山起蚤，告父母道："孩儿一向不到铺中，喜得今日好了，去走一遭。况在城神堂巷有几家机户赊帐要讨，入城便回。"防御道："你去不可劳碌。"吴山辞父，讨一乘兜轿抬了，小厮寿童打伞跟随。只因吴山要进城，有分教金奴险送他性命。正是：

　　　　二八佳人体似酥，腰间伏剑斩愚夫。

　　　　虽然不见人头落，暗里教君骨髓枯。

　　吴山上轿，不觉早到灰桥市上。下轿进铺，主管相见。吴山一心只在金奴身上，少坐，便起身分付主管："我入城收拾机户赊帐，回来算你日逐卖帐。"主管明知到此处去，只不敢阻，但劝："官人贵体新痊，不可别处闲走，空受疼痛。"

　　吴山不听，上轿预先分付轿夫，径进艮山门，迤逦到羊毛寨南横桥，寻问湖市搬来韩家。旁人指说："药铺间壁就是。"吴山来到门首下轿，寿童敲门。里面八老出来开门，见了吴山，慌入去说知。吴山进门，金奴母子两个堆下笑来迎接，说道："贵人难见面。今日甚风吹得到此？"吴山与金奴母子相唤罢，到里面坐定吃茶。金奴道："官人认认奴家房里。"吴山同金奴到楼上房中。正所谓：

合意友来情不厌，知心人至话相投。

金奴与吴山在楼上，如鱼得水，似漆投胶，两个无非说些深情密意的话。少不得安排酒肴，八老搬上楼来，掇过镜架，就摆在梳妆桌上。八老下来，金奴讨酒，才敢上去。两个并坐，金奴筛酒一杯，双手敬与吴山道："官人灸火，妾心无时不念。"吴山接酒在手道："小生为因灸火，有失期约。"酒尽，也筛一杯回敬与金奴。吃过十数杯，二人情兴如火，免不得再把旧情一叙。交欢之际，无限恩情。事毕起来，洗手更酌。又饮数杯，醉眼朦胧，余兴未尽。吴山因灸火在家，一月不曾行事，见了金奴，如何这一次便罢？吴山合当死，魂灵都被金奴引散乱了，情兴复发，又弄一火。正是：

爽口物多终作疾，快心事过必为殃。

吴山重复，自觉神思散乱，身体困倦，打熬不过，饭也不吃，倒身在床上睡了。金奴见吴山睡着，走下楼到外边，说与轿夫道："官人吃了几杯酒，睡在楼上。二位太保宽坐等一等，不要催促。"轿夫道："小人不敢来催。"金奴分付毕，走上楼来，也睡在吴山身边。

且说吴山在床上方合眼，只听得有人叫："吴小官好睡！"连叫数声。吴山醉眼看见一个胖大和尚，身披一领旧褊衫，赤脚穿双僧鞋，腰系着一条黄丝绦，对着吴山打个问讯。吴山跳起来还礼道："师父上刹何处？因甚唤我？"和尚道："贫僧是桑菜园水月寺住持，因为死了徒弟，特来劝化官人。贫僧看官人相貌，生得福薄，无缘受享荣华；只好受些清淡，弃俗出家，与我做个徒弟。"吴山道："和尚好没分晓！我父母半百之年，止生得我一人，成家接代，创立门风，如何出家？"和尚道："你只好出家，若还贪享荣华，即当命夭。依贫僧口，跟我去罢。"吴山道："乱话！此间是妇人卧房，你是出家人，到此何干？"那和尚睁着两眼，叫道："你跟我去也不？"吴山道："你这秃驴，好没道理！只顾来缠我做甚？"和尚大怒，扯了吴山便走，到楼梯边，吴山叫起屈来，被和尚尽力一推，望楼梯下面倒撞下来。撒然惊觉，一身冷汗。开眼时，金奴还睡未醒，原来做一场梦。觉得有些恍惚，爬起坐在床上，呆了半晌。金奴也醒来，道："官人好睡。难得你来，且歇了，明蚤去罢。"吴山道："家中父母记挂，我要回去，别日再来望你。"金奴起身，分付安排点心。吴山道："我身子不快，不要点心。"金奴见吴山脸色不好，不敢强留。吴山整了衣冠，下楼辞了金奴母子，急急上轿。

　　天色已晚，吴山在轿思量：白日里做场梦，甚是作怪。又惊又忧，肚里渐觉疼起来。在轿过活不得，巴不得到家，分付轿夫快走。捱到自家门首，肚疼不可忍，跳下轿来，走入里面，径奔楼上。坐在马桶上，疼一阵，撒一阵，撒出来都是血水。半晌，方上床，头眩眼花，倒在床上，四肢倦怠，百骨酸疼，大底是本身元气微薄，况又色欲过度。

防御见吴山面青失色，奔上楼来，吃了一惊道："孩儿因甚这般模样？"吴山应道："因在机户人家多吃了几杯酒，就在他家睡。一觉醒来热渴，又吃了一碗冷水，身体便觉拘急，如今作起泻来。"说未了，咬牙寒噤，浑身冷汗如雨，身如炭火一般。防御慌急下楼，请医来看，道："脉气将绝，此病难医。"再三哀恳太医，乞用心救取。医人道："此病非干泄泻之事，乃是色欲过度，耗散元气，为脱阳之症，多是不好。我用一帖药，与他扶助元气。若是服药后，热退脉起，则有生意。"医人撮了药自去。父母再三盘问，吴山但摇头不语。

将及初更，吴山服了药，伏枕而卧。忽见日间和尚又来，立在床边，叫道："吴山，你强熬做甚？不如早随我去。"吴山道："你快去，休来缠我！"那和尚不由分说，将身上黄丝绦缚在吴山项上，扯了便走。吴山攀住床桱，大叫一声惊醒，又是一梦。开眼看时，父母、浑家皆在面前。父母问道："我儿因甚惊觉？"吴山自觉神思散乱，料捱不过，只得将金奴之事，并梦见和尚，都说与父母知道。说罢，哽哽咽咽哭将起来。父母、浑家尽皆泪下。防御见吴山病势危笃，不敢埋怨他，但把言语来宽解。

吴山与父母说罢，昏晕数次。复苏，泣谓浑家道："你可善侍公姑，好看幼子。丝行资本，尽够盘费。"浑家哭道："且宽心调理，不要多虑。"吴山叹了气一口，唤丫鬟扶起，对父母说道："孩儿不能复生矣。爹娘空养了我这个忤逆子，也是年灾命厄，逢着这个冤家。今日虽悔，噬脐何及！传与少年子弟，不要学我干这等非为的事，害了自己性命。男子六尺之躯，实是难得！要贪花恋色的，将我来做个样。孩儿死后，将身尸丢在水中，方可谢抛妻弃子、不养父母之罪。"言讫，方才合眼，和尚又在面前。吴山哀告："我师，我与你有甚冤仇，不肯放舍我？"和尚道："贫僧只因犯了色戒，死在彼处，久滞幽冥，不得脱离鬼道。向日偶见官人白昼交欢，贫僧一时心动，欲要官人做个阴魂之伴。"言罢而去。

吴山醒来，将这话对父母说知。吴防御道："原来被冤魂来缠。"慌忙在门外街上，焚香点烛，摆列羹饭，望空拜告："慈悲放舍我儿生命，亲到彼处设醮追拔。"

祝毕，烧化纸钱。

防御回到楼上，天晚，只见吴山朝着里床睡着，猛然翻身坐将起来，睁着眼道："防御，我犯如来色戒，在羊毛寨里寻了自尽。你儿子也来那里淫欲，不免把我前日的事，陡然想起，要你儿子做个替头，不然求他超度。适才承你羹饭纸钱，许我荐拔，我放舍了你的儿子，不在此作祟。我还去羊毛寨里等你超拔，若得脱生，永不来了。"说话方毕，吴山双手合掌作礼，洒然而觉，颜色复旧。浑家摸他身上，已住了热；起身下床解手，又不泻了。一家欢喜，复请原日医者来看。说道："六脉已复，有可救生路。"撮下了药，调理数日，渐渐好了。

防御请了几众僧人，在金奴家做了一昼夜道场。只见金奴一家做梦，见个胖和尚拿了一条拄杖去了。

吴山将息半年，依旧在新桥市上生理。一日，与主管说起旧事，不觉追悔道："人生在世，切莫为昧己勾当。真个明有人非，幽有鬼责，险些儿丢了一条性命。"从此改过前非，再不在金奴家去。亲邻有知情的，无不钦敬。正是：

痴心做处人人爱，冷眼观时个个嫌。

觑破关头邪念息，一生出处自安恬。

第四卷　闲云庵阮三偿冤债

好姻缘是恶姻缘，莫怨他人莫怨天。

但愿向平婚嫁早，安然无事度余年。

这四句，奉劝做人家的，早些毕了儿女之债。常言道：男大须婚，女大须嫁；不婚不嫁，弄出丑吒。多少有女儿的人家，只管要拣门择户，扳高嫌低，担误了婚姻日子。情窦开了，谁熬得住？男子便去偷情嫖院；女儿家拿不定定盘星，也要走差了道儿。那时悔之何及！

则今日说个大大官府，家住西京河南府梧桐街兔演巷，姓陈，名太常。自是小小出身，累官至殿前太尉之职。年将半百，娶妾无子，止生一女，叫名玉兰。那女孩儿生于贵室，长在深闺，青春二八，真有如花之容，似月之貌。况描绣针线，件件精通；琴棋书画，无所不晓。那陈太常常与夫人说："我位至大臣，家私万贯，止生得这个女儿，况有才貌，若不寻个名目相称的对头，枉居朝中大臣之位。"便唤官媒婆分付道："我家小姐年长，要选良姻，须是三般全的方可来说：一要当朝将相之子，二要才貌相当，三要名登黄甲。有此三者，立赘为婿；如少一件，枉自劳力。"因此往往选择，或有登科及第的，又是小可出身；或门当户对，又无科第；及至两事俱全，年貌又不相称，以此蹉跎下去。光阴似箭，玉兰小姐不觉一十九岁了，尚没人家。

时值正和二年上元令节，国家有旨庆赏元宵。五凤楼前架起鳌山一座，满地华灯，喧天锣鼓。自正月初五日起，至二十日止，禁城不闭，国家与民同乐。怎见得？有只词儿，名《瑞鹤仙》，单道着上元佳景：

> 瑞烟浮禁苑，正绛阙春回；新正方半，冰轮桂华满。溢花衢歌市，芙蓉开遍。龙楼两观，见银烛星球灿烂。卷珠帘，尽日笙歌，盛集宝钗金钏。　　堪羡！绮罗丛里，兰麝香中，正宜游玩。风柔夜暖，花影乱，笑声喧。闹蛾儿满地，成团打块，簇道冠儿斗转。喜皇都，旧日风光，太平再见。

只为这元宵佳节，处处观灯，家家取乐，引出一段风流的事来。

话说这兔演巷内，有个年少才郎，姓阮，名华，排行第三，唤做阮三郎。他哥阮大与父母专在两京商贩，阮二专一管家。那阮三年方二九，一貌非俗；诗词歌赋，般般皆晓。笃好吹箫。结交几个豪家子弟，每日向歌馆娼楼，留连风月。时遇上元灯夜，知会几个弟兄来家，笙箫弹唱，歌笑赏灯。这伙子弟在阮三家，吹唱到三更方散。阮三送出门，见行人稀少，静夜月明如画，向众人说道："恁般良夜，何忍便睡？再举一曲何如？"众人依允，就在阶沿石上向月而坐，取出笙、箫、象板，口吐清音，呜呜咽咽的又吹唱起来。正是：

隔墙须有耳，窗外岂无人？

那阮三家，正与陈太尉对衙。衙内小姐玉兰，欢要赏灯，将次要去歇息，忽听得街上乐声缥缈，响彻云际。料得夜深，众人都睡了，忙唤梅香，轻移莲步，直至大门边。听了一回，情不能已。有个心腹的梅香，名曰碧云。小姐低低分付道："你替我去街上看甚人吹唱。"梅香巴不得趋承小姐，听得使唤这事，轻轻地走到街边，认得是对邻子弟，忙转身入内，回复小姐道："对邻阮三官与几个相识，在他门首吹唱。"那小姐半晌之间，口中不道，心下思量："数日前，我爹曾说阮三点报朝中驸马，因使用不到，退回家中。想就是此人了，才貌必然出众。"又听了一个更次，各人分头散去。小姐回转香房，一夜不曾合眼，心心念念，只想着阮三："我若嫁得恁般风流子弟，也不枉一生夫妇。怎生得会他一面也好？"正是：

> 邻女乍萌窥玉意，文君早乱听琴心。

且说次日天晓，阮三同几个子弟到永福寺中游玩，见烧香的士女佳人，来往不绝，自觉心性荡漾。到晚回家，仍集昨夜子弟，吹唱消遣。每夜如此，迤逦至二十日。这一夜，众子弟们各有事故，不到阮三家里。阮三独坐无聊，偶在门侧临街小轩内，拿壁间紫玉鸾箫，手中按着宫、商、角、徵、羽，将时样新词曲调，清清地吹起。吹不了半只曲儿，忽见个侍女推门而入，深深地向前道个万福。阮三停箫问道："你是谁家的姐姐？"丫鬟道："贱妾碧云，是对邻陈衙小姐贴身伏侍的。小姐私慕官人，特地着奴请官人一见。"那阮三心下思量道："他是个官宦人家，守阍耳目不少。进去易，出来难，被人瞧见盘问时，将何回答？却不枉受凌辱？"当下回言道："多多上复小姐，怕出入不便，不好进来。"碧云转身回复小姐。小姐想起夜来音韵标格，一时间春心摇动，便将手指上一个金镶宝石戒指儿，褪将下来，付与碧云，分付道："你替我将这件物事，寄与阮三郎，将带他来见我一见，万不妨事。"碧云接得在手，一心忙似箭，两脚走如飞，慌忙来到小轩。阮三官还在那里。碧云手儿内托出这个物来，致了小姐之意。阮三口中不道，心下思量："我有此物为证，又有梅香引路，何怕他人？"随即与碧云前后而行。到二门外，小姐先在门旁守候，觑着阮三目不转睛，阮三看得女子也十分仔细。正欲交言，门外吆喝道："太尉回衙！"小姐慌忙回避归房，阮三郎火速回家。

自此把那戒指儿紧紧的戴在左手指上，想那小姐的容貌，一时难舍。只恨闺阁深沉，难通音信。或在家，或出外，但是看那戒指儿，心中十分惨切。无由再见，追忆不已。那阮三虽不比宦家子弟，亦是富室伶俐的才郎。因是相思日久，渐觉四肢羸瘦，以至废寝忘食。忽经两月有余，恹恹成病。父母再三严问，并不肯说。正是：

> 口含黄柏味，有苦自家知。

　　却说有一个与阮三一般的豪家子弟，姓张，名远，素与阮三交厚。闻得阮三有病月余，心中悬挂。一日早，到阮三家内询问起居。阮三在卧榻上听得堂中有似张远的声音，唤仆邀入房内。张远看着阮三面黄肌瘦，咳嗽吐痰，心中好生不忍，嗟叹不已。坐向榻床上去问道：“阿哥，数日不见，怎么染着这般晦气？你害的是甚么病？”阮三只摇头不语。张远道：“阿哥，借你手我看看脉息。”阮三一时失于计较，便将左手抬起，与张远察脉。张远按着寸关尺，正看脉间，一眼瞧见那阮三手指上戴着个金嵌宝石的戒指。张远口中不说，心下思量：“他这等害病，还戴着这个东西，况又不是男子之物，必定是妇人的表记。料得这病根从此而起。”也不讲脉理，便道：“阿哥，你手上戒指从何而来？恁般病症，不是当耍。我与你相交数年，重承不弃，日常心腹，各不相瞒。我知你心，你知我意，你可实对我说。”阮三见张远参到八九分的地步，况兼是心腹朋友，只得将来历因依，尽行说了。张远道：“阿哥，他虽是个宦家的小姐，若无这个表记，便对面相逢，未知他肯与不肯；既有这物事，心下已允。待阿哥将息贵体，稍健旺时，在小弟身上，想个计策，与你成就此事。”阮三道：“贱恙只为那事而起，若要我病好，只求早图良策。"枕边取出两锭银子，付与张远道："倘有使用，莫惜小费。"张远接了银子道："容小弟从容计较，有些好音，却来奉报。你可宽心保重。"

张远作别出门，到陈太尉衙前站了两个时辰。内外出入人多，并无相识，张远闷闷而回。次日，又来观望，绝无机会。心下想道："这事难以启齿，除非得他梅香碧云出来，才可通信。"看看到晚，只见一个人捧着两个磁瓮，从衙里出来，叫唤道："门上那个走差的闲在那里？奶奶着你将这两瓮小菜送与闲云庵王师父去。"张远听得了，便想道："这闲云庵王尼姑，我平昔相认的。奶奶送他小菜，一定与陈衙内往来情熟。他这般人，出入内里，极好传消递息，何不去寻他商议？"又过了一夜。到次早，取了两锭银子，径投闲云庵来。

这庵儿虽小，其实幽雅。怎见得？有诗为证：

> 短短横墙小小亭，半檐疏玉响玲玲。

> 尘飞不到人长静，一篆炉烟两卷经。

庵内尼姑，姓王，名守长，他原是个收心的弟子。因师弃世日近，不曾接得徒弟，止有两个烧香、上灶烧火的丫头。专一向富贵人家布施。佛殿后新塑下观音、文殊、普贤三尊法像，中间观音一尊，亏了陈太尉夫人发心喜舍，妆金完了，缺那两尊未有施主。这日正出庵门，恰好遇着张远。尼姑道："张大官何往？"张远答道："特来。"尼姑回身请进，邀入庵堂中坐定。

茶罢，张远问道："适间师父要往那里去？"尼姑道："多蒙陈太尉家奶奶布施，完了观音圣像，不曾去回复他。昨日又承他差人送些小菜来看我，作意备些薄礼，来日到他府中作谢，后来那两尊，还要他大出手哩。因家中少替力的人，买几件小东西，也只得自身奔走。"张远心下想道："又好个机会。"便向尼姑道："师父，我有个心腹朋友，是个富家。这二尊圣像，就要他独造也是容易，只要烦师父干一件事。"张远在袖儿里摸出两锭银子，放在香桌上道："这银子权当开手，事若成就，盖庵盖殿，随师父的意。"那尼姑贪财，见了这两锭细丝白银，眉花眼笑道："大官人，你相识是谁？委我干甚事来？"张远道："师父，这事是件机密事，除是你干得，况是顺便。可与你到密室说知。"说罢，就把二锭银子，纳入尼姑袖里，尼姑半推不推收了。二人进一个小轩内竹榻前坐下，张远道："师父，我那心腹朋友阮三官，于今岁正月间，蒙陈太尉小姐使梅香寄个表记来与他，至今无由相会。明日师父到陈府中去见奶奶，乘这个便，倘到小姐房中，善用一言，约到庵中与他一见，便是师父用心之处。"尼姑沉吟半晌，便道："此事未敢轻许，待会见小姐，看其动静，再作计较。你且说甚么表记？"张远道："是个嵌宝金戒指。"尼姑道："借过这戒指儿来暂时，自有计较。"张远见尼姑收了银子，又不推辞，心中大喜。当时作别，便到阮三家来，要了他的金戒指，连夜送到尼姑处了。

却说尼姑在床上想了半夜。次日天晓起来，梳洗毕，将戒指戴在左手上，收拾礼盒，着女童挑了，逦迤来到陈衙，直至后堂歇了。夫人一见，便道："出家人如何烦你坏钞？"尼姑稽首道："向蒙奶奶布施，今观音圣像已完，山门有幸。贫僧正要来回复奶奶。昨日又蒙厚赐，感谢不尽。"夫人道："我见你说没有好小菜吃粥，恰好江南一位官人，送得这几瓮瓜菜来，我分两瓮与你。这些小东西，也谢什么！"尼姑合掌道："阿弥陀佛！滴水难消。虽是我僧家口吃十方，难说是应该的。"夫人道："这圣像完了中间一尊，也就好看了。那两尊以次而来，少不得还要助些工费。"尼姑道："全仗奶奶做个大功德，今生恁般富贵，也是前世布施上修来的。如今再修去时，那一世还你荣华受用。"夫人教丫鬟收了礼盒，就分付厨下办斋，留尼姑过午。

少间，夫人与尼姑吃斋，小姐也坐在侧边相陪。斋罢，尼姑开言道："贫僧斗胆，还有句话相告：小庵圣像新完，涓选四月初八日，我佛诞辰，启建道场，开佛光明。特请奶奶、小姐，光降随喜，光辉山门则个。"夫人道："老身定来拜佛，只是小姐怎么来得？"那尼姑眉头一蹙，计上心来，道："前日坏腹，至今未好，借解一解。"那小姐因为牵挂阮三，心中正闷，无处可解情怀。忽闻尼姑相请，喜不自胜。正要行动，仍听夫人有阻，巴不得与那尼姑私下计较。因见尼姑要解手，便道："奴家陪你进房。"两个直至闺室。正是：

> 背地商量无好话，私房计较有奸情。

尼姑坐在触桶上道："小姐，你到初八日同奶奶到小庵觑一觑，若何？"小姐道："我巴不得来，只怕爹妈不肯。"尼姑道："若是小姐坚意要去，奶奶也难固执。奶奶若肯时，不怕太尉不容。"尼姑一头说话，一头去拿粗纸，故意露出手指上那个宝石嵌的金戒指来。小姐见了大惊，便问道："这个戒指那里来的？"尼姑道："两月前，有个俊雅的小官人进庵，看妆观音圣像，手中褪下这个戒指儿来，带在菩萨手指上，祷祝道：'今生不遂来生愿，愿得来生逢这人。'半日间对着那圣像，潜然挥泪。被我再四严问，他道：'只要你替我访这戒指的对儿，我自有话说。'"小姐见说了意中之事，满面通红。停了一会，忍不住又问道："那小官人姓甚？常到你庵中么？"尼姑回道："那官人姓阮，不时来庵闲观游玩。"小姐道："奴家有个戒指，与他到是一对。"说罢，连忙开了妆盒，取出个嵌宝戒指，递与尼姑。尼姑将两个戒指比看，果然无异，笑将起来。小姐道："你笑什么？"尼姑道："我笑这个小官人，痴痴的只要寻这戒指的对儿；如今对到寻着了，不知有何话说？"小姐道："师父，我要……"说了半句，又住了口。尼姑道："我们出家人，第一口紧。小姐有话，不妨分付。"小姐道："我要会那官人一面，不知可见得么？"尼姑道："那官人求神祷佛，一定也是为着小姐了。要见不难，只在四月初八这一日，管你相会。"小姐道："便是爹妈容奴去时，母亲在前，怎得方便？"尼姑附耳低言道："到那日来我庵中，倘斋罢闲坐，便可推睡，此事就谐了。"小姐点头会意，便将自己的戒指都舍与尼姑。尼姑道："这金子好把做妆佛用，保小姐百事称心。"说罢，两个走出房

来。夫人接着，问道："你两个在房里多时，说甚么样话？"惊得那尼姑心头一跳，忙答道："小姐因问我浴佛的故事，以此讲说这一晌。"又道："小姐也要瞻礼佛像，奶奶对太尉老爷说声，至期专望同临。"夫人送出厅前，尼姑深深作谢而去。正是：

> 惯使牢笼计，安排年少人。

再说尼姑出了太尉衙门，将了小姐舍的金戒指儿，一直径到张远家来。张远在门首伺候多时了，远远地望见尼姑，口中不道，心下思量："家下耳目众多，怎么言得此事？"提起脚儿，慌忙迎上一步道："烦师父回庵去，随即就到。"尼姑回身转巷，张远穿径寻庵，与尼姑相见。邀入松轩，从头细话，将一对戒指儿度与张远。张远看见道："若非师父，其实难成，阮三官还有重重相谢。"张远转身就去回复阮三。阮三又收了一个戒指，双手带着，欢喜自不必说。

至四月初七日，尼姑又自到陈衙邀请，说道："因夫人小姐光临，各位施主人家，贫僧都预先回了。明日更无别人，千万早降。"夫人已自被小姐朝暮聒絮的要去拜佛，只得允了。那晚，张远先去期约阮三。到黄昏人静，悄悄地用一乘女轿抬到庵里。尼姑接人，寻个窝窝凹凹的房儿，将阮三安顿了。分明正是：

> 猪羊送屠户之家，一脚脚来寻死路。

尼姑睡到五更时分，唤女童起来，佛前烧香点烛，厨下准备斋供。天明便去催那采画匠来，与圣像开了光明，早斋就打发去了。少时陈太尉女眷到来，怕不稳便，单留同辈女僧，在殿上做功德诵经。

将次到巳牌时分，夫人与小姐两个轿儿来了。尼姑忙出迎接，邀入方丈。茶罢，去殿前、殿后拈香礼拜。夫人见旁无杂人，心下欢喜。尼姑请到小轩中宽坐，那伙随从的男女各有个坐处。尼姑支分完了，来陪夫人小姐前后行走，观看了一回，才回到轩中吃斋。斋罢，夫人见小姐饭食稀少，洋洋瞑目作睡。夫人道："孩儿，你今日想是起得早了些。"尼姑慌忙道："告奶奶，我庵中绝无闲杂之辈，便是志诚老实的女娘们，也不许他进我的房内。小姐去我房中，拴上房门睡一睡，自取个稳便，等奶奶闲步一步。你们几年何月来走得一遭！"夫人道："孩儿，你这般困倦，不如在师父房内睡睡。"

小姐依了母命，走进房内，刚拴上门，只见阮三从床背后走出来，看了小姐，深深的作揖道："姐姐，候之久矣。"小姐慌忙摇手，低低道："莫要则声！"阮三倒退几步，候小姐近前，两手相挽，转过床背后，开了侧门，又到一个去处：小巧漆桌藤床，隔断了外人耳目。两人搂做一团，说了几句情话，双双解带，好似渴龙见水。这场云雨，其实畅快。有《西江月》为证：

> 一个想着吹箫风韵，一个想着戒指恩情。相思半载欠安宁，此际相逢侥幸。　　一个难辞病体，一个敢惜童身？枕边吁喘不停声，还嫌道欢娱俄顷。

原来阮三是个病久的人，因为这女子，七情所伤，身子虚弱。这一时相逢，情兴酷浓，不顾了性命。那女子想起日前要会不能，今日得见，倒身奉承，尽情取乐。不料乐极悲生，为好成歉。一阳失去，片时气断丹田；七魄分飞，顷刻魂归阴府。正所谓：

> 天有不测风云，人有旦夕祸福。

小姐见阮三伏在身上寂然不动，用双手儿搂定郎腰，吐出丁香，送郎口中。只见牙关紧咬难开，摸着遍身冰冷，惊慌了云雨娇娘，顶门上不见了三魂，脚底下荡散了七魄，翻身推在里床，起来忙穿襟袄，带转了侧门，走出前房，喘息未定。怕娘来唤，战战兢兢；向妆台重整花钿，对鸾镜再匀粉黛。恰才整理完备，早听得房外夫人声唤，小姐慌忙开门，夫人道："孩儿，殿上功德也散了，你睡才醒？"小姐道："我睡了半晌，在这里整头面，正要出来和你回衙去。"夫人道："轿夫伺候多时了。"小姐与夫人谢了尼姑，上轿回衙去不题。

且说尼姑王守长送了夫人起身，回到庵中，厨房里洗了盘碗器皿，佛殿上收了香火供食，一应都收拾已毕。只见那张远同阮二哥进庵，与尼姑相见了，称谢不已，问道："我家三官今在那里？"尼姑道："还在我里头房里睡着。"尼姑便引阮二与张远开了侧房门，来卧床边叫道："三哥，你恁的好睡，还未醒！"连叫数次不应，阮二用手摇也不动，口鼻全无气息。仔细看时，呜呼哀哉了。阮二吃了一惊，便道："师父，怎地把我兄弟坏了性命？这事不得干净！"尼姑慌道："小姐吃了午斋便推要睡，就入房内，约有二个时辰。殿上功德完了，老夫人叫醒来，恰才去得不多时。我只道睡着，岂知有此事。"阮二道："说便是这般说，却是怎了？"尼姑道："阮二官，今日幸得张大官在此，向日蒙张大官分付，实望你家做檀越施主，因此用心，终不成要害你兄弟性命？张大官，今日之事，却是你来寻我，非是我来寻你。告到官府，你也不好，我也不好。向蒙施银二锭，一锭我用去了，止存一锭不敢留用，将来与三官人凑买棺木盛殓。只说在庵养病，不料死了。"说罢，将出这锭银子，放在桌上道："你二位，凭你怎么处置。"张远与阮二默默无言，呆了半晌。阮二道："且去买了棺木来再议。"张远收了银子，与阮二同出庵门，迤逦路上行着。张远道："这个事本不干尼姑事。三哥是个病弱的人，想是与女子交会，用过了力气，阳气一脱，就是死的。我也只为令弟面上情分好，况令弟前日，在床前再四叮咛，央浼不过，只得替他干这件事。"阮二回言道："我论此事，人心天理，也不干着那尼姑事，亦不干你事。只是我这小官人年命如此，神作祸作，作出这场事来。我心里也道罢了，只愁大哥与老官人回来怨畅，怎的了？"连晚与张远买了一口棺木，抬进庵里，盛殓了，就放在西廊下，只等阮员外、大哥回来定夺。正是：

酒到散筵欢趣少，人逢失意叹声多。

忽一日，阮员外同大官人商贩回家，与院君相见，合家欢喜。员外动问三儿病症，阮二只得将前后事情，细细诉说了一遍。老员外听得说三郎死了，放声大哭一场，要写起词状，与陈太尉女儿索命："你家贱人来惹我的儿子！"阮大、阮二再四劝道："爹爹，这个事想论来，都是兄弟作出来的事，以致送了性命。今日爹爹与陈家讨命，一则势力不敌，二则非干太尉之事。"勉劝老员外选个日子，就庵内修建佛事，送出郊外安厝了。

却说陈小姐自从闲云庵归后，过了月余，常常恶心气闷，心内思酸，一连三个月经脉不举。医者用行经顺气之药，如何得应？夫人暗地问道："孩儿，你莫是与那个成这等事么？可对我实说。"小姐晓得事露了，没奈何，只得与夫人实说。夫人听得呆了，道："你爹爹只要寻个有名目的才郎，靠你养老送终；今日弄出这丑事，如何是好？只怕你爹爹得知这事，怎生奈何？"小姐道："母亲，事已如此，孩儿只是一死，别无计较。"夫人心内又恼又闷。看看天晚，陈太尉回衙，见夫人面带忧容，问道："夫人，今日何故不乐？"夫人回道："我有一件事恼心。"太尉便问："有甚么事恼心？"夫人见问不过，只得将情一一诉出。太尉不听说万事俱休，听得说了，怒从心上起，道："你做母的不能看管孩儿，要你做甚？"急得夫人阁泪汪汪，不敢回对。太尉左思右想，一夜无寐。

天晓出外理事，回衙与夫人计议："我今日用得买实做了：如官府去，我女孩儿又出丑，我府门又不好看；

只得与女孩儿商量作何理会。"女儿扑簌簌吊下泪来，低头不语。半晌间，扯母亲于背静处，说道："当初原是儿的不是，坑了阮三郎的性命。欲要寻个死，又有三个月遗腹在身；若不寻死，又恐人笑。"一头哭着，一头说："莫若等待十个月满足，生得一男半女，也不绝了阮三后代，也是当日相爱情分。妇人从一而终。虽是一时苟合，亦是一日夫妻，我断然再不嫁人。若天可怜见，生得一个男子，守他长大，送还阮家，完了夫妻之情。那时寻个自尽，以赎玷辱父母之罪。"夫人将此话说与太尉知道，太尉只叹了一口气，也无奈何。暗暗着人请阮员外来家计议，说道："当初是我闺门不谨，以致小女背后做出天大事来，害了你儿子性命，如今也休题了。但我女儿已有三个月遗腹，如何出活？如今只说我女曾许嫁你儿子，后来在闲云庵相遇，为想我女，成病几死，因而彼此私情。庶他日生得一男半女，犹有许嫁情由，还好看相。"阮员外依允，从此就与太尉两家来往。

十月满足，阮员外一般遣礼催生，果然生个孩儿。到了三岁，小姐对母亲说，欲待领了孩儿，到阮家拜见公婆，就去看看阮三坟墓。夫人对太尉说知，俱依允了。拣个好日，小姐备礼过门，拜见了阮员外夫妇。次日，到阮三墓上哭奠了一回。又取出银两，请高行真僧广设水陆道场，追荐亡夫阮三郎。其夜梦见阮三到来，说道："小姐，你晓得夙因么？前世你是个扬州名妓，我是金陵人，到彼访亲，与你相处情厚，许定一年之后再来，必然娶你为妻。及至归家，惧怕父亲，不敢禀知，别成姻眷。害你终朝悬望，郁郁而死。因是夙缘未断，今生乍会之时，两情牵恋。闲云庵相会，是你来索冤债；我登时身死，偿了你前生之命。多感你诚心追荐，今已得往好处托生。你前世抱志节而亡，今世合享荣华。所生孩儿，他日必大贵，烦你好好抚养教训。从今你休怀忆念。"玉兰小姐梦中一把扯住阮三，正要问他托生何处，被阮三用手一推，惊醒将来，嗟叹不已。方知生死恩情，都是前缘夙债。

从此小姐放下情怀，一心看觑孩儿。光阴似箭，不觉长成六岁，生得清奇，与阮三一般标致，又且资性聪明。陈太尉爱惜真如掌上之珠，用自己姓，取名陈宗阮，请个先生教他读书，到一十六岁，果然学富五车，书通二酉。十九岁上，连科及第，中了头甲状元，奉旨归娶。陈、阮二家争先迎接回家，宾朋满堂，轮流做庆贺筵席。当初陈家生子时，街坊上晓得些风声来历的，免不得点点搠搠，背后讥诮。到陈宗阮一举成名，翻夸奖玉兰小姐贞节贤慧，教子成名，许多好处。世情以成败论人，大率如此！后来陈宗阮做到吏部尚书留守官，将他母亲十九岁上守寡，一生不嫁，教子成名等事，表奏朝廷，启建贤节牌坊。正所谓：

贫家百事百难做，富家差得鬼推磨。

虽然如此，也亏陈小姐后来守志，一床锦被遮盖了，至今河南府传作佳话。有诗为证，诗曰：

免演巷中担病害，闲云庵里偿冤债。

周全末路仗贞娘，一床锦被相遮盖。

第五卷　穷马周遭际负屈　含冤卖槌媪

前程暗漆本难知，秋月春花各有时。

静听天公分付去，何须昏夜苦奔驰？

话说大唐贞观改元，太宗皇帝仁明有道，信用贤臣。文有十八学士，武有十八路总管。真个是：鸳班济济，鹭序彬彬。凡天下有才有智之人，无不举荐在位，尽其抱负。所以天下太平，万民安乐。

就中单表一人，姓马，名周，表字宾王，博州茌平人氏。父母双亡，一贫如洗。年过三旬，尚未娶妻，单单只剩一身。自幼精通书史，广有学问；志气谋略，件件过人。只为孤贫无援，没有人荐拔他。分明是一条神龙困于泥淖之中，飞腾不得。眼见别人才学万倍不如他的，一个个出身通显，享用爵禄，偏则自家怀才不遇。

每日郁郁自叹道："时也，运也，命也。"一生挣得一副好酒量，闷来时只是饮酒，尽醉方休。日常饭食，有一顿，没一顿，都不计较；单少不得杯中之物。若自己没钱买时，打听邻家有酒，便去噇吃。却又大模大样，不谨慎，酒后又要狂言乱叫，发风骂坐。这伙三邻四舍被他咶噪的不耐烦，没一个不厌他。背后唤他做"穷马周"，又唤他是"酒鬼"。那马周晓得了，也全不在心上。正是：

> 未逢龙虎会，一任马牛呼。

且说博州刺史姓达，名奚，素闻马周明经有学，聘他为本州助教之职。到任之日，众秀才携酒称贺，不觉吃得大醉。次日，刺史亲到学宫请教。马周兀自中酒，爬身不起。刺史大怒而去。马周醒后，晓得刺史曾到，特往州衙谢罪，被刺史责备了许多说话。马周口中唯唯，只是不能悛改。每遇门生执经问难，便留住他同饮。支得俸钱，都付与酒家，兀自不敷，依旧在门生家噇酒。一日，吃醉了，两个门生左右扶住，一路歌咏而回。恰好遇着刺史前导，喝他回避，马周那里肯退步？瞠着双眼到骂人起来，又被刺史当街发作了一场。马周当时酒醉不知，次日醒后，门生又来劝马周，在刺史处告罪。马周叹口气道："我只为孤贫无援，欲图个进身之阶，所以屈志于人。今因酒过，屡被刺史责辱，何面目又去鞠躬取怜？古人不为五斗米折腰，这个助教官儿也不是我终身养老之事。"便把公服交付门生，教他缴还刺史，仰天大笑，出门而去。正是：

> 此去好凭三寸舌，再来不值一文钱。

自古道：水不激不跃，人不激不奋。马周只为吃酒上受刺史责辱不过，叹口气出门，到一个去处，遇了一个人提携，直做到吏部尚书地位。此是后话。

且说如今到那里去？他想着："冲州撞府，没甚大遭际，则除是长安帝都，公侯卿相中，有个能举荐的萧相国，识贤才的魏无知，讨个出头日子，方遂平生之愿。"望西迤逦而行，不一日，来到新丰。

原来那新丰城是汉高皇所筑。高皇生于丰里，后来起兵，诛秦灭项，做了大汉天子，尊其父为太上皇。太上皇在长安城中，思想故乡风景。高皇命巧匠照依故丰，建造此城，迁丰人来居住。凡街市、屋宇，与丰里制度一般无二。把张家鸡儿、李家犬儿，纵放在街上，那鸡犬也都认得自家门首，各自归家。太上皇大喜，赐名新丰。今日大唐仍建都于长安，这新丰总是关内之地，市井稠密，好不热闹！只这招商旅店，也不知多少。

马周来到新丰市上，天色已晚，只拣个大大客店，踱将进去。但见红尘滚滚，车马纷纷，许多商贩客人，驮着货物，挨三顶五的进店安歇。店主王公迎接了，慌忙指派房头，堆放行旅。众客人寻行逐队，各据坐头，讨浆索酒。小二哥搬运不迭，忙得似走马灯一般。马周独自个冷清清地坐在一边，并没半个人睬他。马周心中不忿，拍案大叫道："主人家，你好欺负人！偏偏不是客，你就不来照顾，是何道理？"王公听得发作，便来收科道："客官不须发怒。那边人众，只得先安放他；你只一位，却容易答应。但是用酒用饭，只管分付老汉就是。"马周道："俺一路行来，没有洗脚，且讨些干净热水用用。"王公道："锅子不方便，要热水再等一会。"马周道："既如此，先取酒来。"王公道："用多少酒？"马周指着对面大座头上一伙客人，问主人家道："他们用多少，俺也用多少。"王公道："他们五位客人，每人用一斗好酒。"马周道："论起来还不勾俺半醉，但俺途中节饮，也只用五斗罢。有好嗄饭尽你搬来。"王公分付小二过了。一连暖五斗酒，放在桌上，摆一只大磁瓯，几碗肉菜之类。马周举瓯独酌，旁若无人。约莫吃了三斗有余，讨个洗脚盆来，把剩下的酒，都倾在里面；蹦脱双靴，便伸脚下去洗濯。众客见了，无不惊怪。王公暗暗称奇，知其非常人也。同时岑文本画得有《马周濯足图》，后有烟波钓叟题赞于上，赞曰：

世人尚口，吾独尊足。

口易兴波，足能跻陆。

处下不倾，千里可逐。

劳重赏薄，无言忍辱。

酬之以酒，慰尔仆仆。

令尔忘忧，胜吾厌腹。

吁嗟宾王，见超凡俗。

当夜安歇无话。次日，王公早起会钞，打发行客登程。马周身无财物，想天气渐热了，便脱下狐裘与王公当酒钱。王公见他是个慷慨之士，又嫌狐裘价重，再四推辞不受。马周索笔，题诗壁上。诗云：

古人感一饭，千金弃如屣。

匕箸安足酬？所重在知己。

我饮新丰酒，狐裘不用抵。

贤哉主人翁，意气倾闾里！

后写茌平人马周题。王公见他写作俱高，心中十分敬重。便问："马先生如今何往？"马周道："欲往长安求名。"王公道："曾有相熟寓所否？"马周回道："没有。"王公道："马先生大才，此去必然富贵。但长安乃米珠薪桂之地，先生资釜既空，将何存立？老夫有个外甥女，嫁在彼处万寿街卖馄赵三郎家。老夫写封书，送先生到彼作寓，比别家还省事；更有白银一两，权助路资，休嫌菲薄。"马周感其厚意，只得受了。王公写书已毕，递与马周。马周道："他日寸进，决不相忘。"作谢而别。

行至长安，果然是花天锦地，比新丰市又不相同。马周径问到万寿街赵卖馄家，将王公书信投递。原来赵家积世卖这粉食为生，前年赵三郎已故了。他老婆在家守寡，接管店面，这就是新丰店中王公的外甥女儿。年纪虽然三十有余，兀自丰艳胜人。京师人顺口都唤他做"卖馄媪"。北方的"媪"字，即如南方的"妈"字一般。这王媪初时坐店卖馄，神相袁天罡一见大惊，叹道："此媪面如满月，唇若红莲，声响神清，山根不断，乃大贵之相！他日定为一品夫人，如何屈居此地？"偶在中郎将常何面前，谈及此事。常何深信袁天罡之语，分付苍头，只以买馄为名，每日到他店中闲话，说发王媪嫁人，欲娶为妾。王媪只是干笑，全不统口。正是：

姻缘本是前生定，不是姻缘莫强求。

却说王媪隔夜得一异梦，梦见一匹白马，自东而来，到他店中，把粉馄一口吃尽。自己执垂赶逐，不觉腾上马背。那马化为火龙，冲天而去。醒来满身都热，思想此梦非常。恰好这一日，接得母舅王公之信，送个姓马的客人到来；又马周身穿白衣。王媪心中大疑，就留住店中作寓，一日三餐，殷勤供给。那马周恰似理之当然一般，绝无谦逊之意；这里王媪也始终不怠。叵耐邻里中有一班浮荡子弟，平日见王媪是个俏丽孤孀，闲常时倚门靠壁，不三不四，轻嘴薄舌的狂言挑拨，王媪全不招惹，众人到也道他正气。今番见他留个远方单身客在家，未免言三语四，造出许多议论。王媪是个精细的人，早已察听在耳朵里，便对马周道："贱妾本欲相留，奈孀妇之家，人言不雅。先生前程远大，宜择高枝栖止，以图上进；若埋没大才于此，枉自可惜。"马周道："小生情愿为人馆宾，但无路可投耳。"言之未已，只见常中郎家苍头又来买馄。王媪想着常何是个武臣，必定少不得文士相帮。乃向苍头问道："有个薄亲马秀才，饱学之士，在此觅一馆舍，未知你老爷用得着否？"

苍头答应道："甚好。"原来那时正值天旱，太宗皇帝诏五品以上官员，都要悉心竭虑，直言得失，以凭采用。论常何官职，也该具奏，正欲访求饱学之士，倩他代笔，恰好王媪说起马秀才，分明是饥时饭，渴时浆，正搔着痒处。苍头回去禀知常何，常何大喜，即刻遣人备马来迎。马周别了王媪，来到常中郎家里。常何见马周一表非俗，好生钦敬。当日置酒相待，打扫书馆，留马周歇宿。

次日，常何取白金二十两，彩绢十端，亲送到馆中，权为贽礼。就将圣旨求言一事，与马周商议。马周索取笔砚，拂开素纸，手不停挥，草成便宜二十条。常何叹服不已。连夜缮写齐整，明日早朝进呈御览。太宗皇帝看罢，事事称善。便问常何道："此等见识议论，非卿所及，卿从何处得来？"常何拜伏在地，口称："死罪！这便宜二十条，臣愚实不能建白。此乃臣家客马周所为也。"太宗皇帝道："马周何在？可速宣来见朕。"黄门官奉了圣旨，径到常中郎家宣马周。马周吃了早酒，正在鼾睡，呼唤不醒。又是一道旨意下来催促。到第三遍，常何自来了。此见太宗皇帝爱才之极也。史官有诗云：

> 三道征书络绎催，贞观天子惜贤才。
>
> 朝廷爱士皆如此，安得英雄困草莱？

常何亲到书馆中，教馆童扶起马周，用凉水喷面，马周方才苏醒。闻知圣旨，慌忙上马。常何引到金銮见驾。拜舞已毕，太宗玉音问道："卿何处人氏？曾出仕否？"马周奏道："臣乃茌平县人，曾为博州助教。因不得其志，弃官来游京都。今获觐天颜，实出万幸。"太宗大喜，即日拜为监察御史，钦赐袍笏官带。马周穿着了，谢恩而出。仍到常何家，拜谢其举荐之德。常何重开筵席，把酒称贺。

至晚酒散，常何不敢屈留马周在书馆住宿。欲备轿马，送到令亲王媪家去。马周道："王媪非亲戚，不过借宿其家而已。"常何大惊，问道："御史公有宅眷否？"马周道："惭愧，实因家贫未娶。"常何道："袁天罡先生曾相王媪有一品夫人之贵，只怕是令亲，或有妨碍；既然萍水相逢，便是天缘。御史公若不嫌弃，下官即当作伐。"马周感王媪殷勤，亦有此意，便道："若得先辈玉成，深荷大德。"是晚，马周仍在常家安歇。

次早，马周又同常何面君。那时鞑虏突厥反叛，太宗皇帝正遣四大总管出兵征剿，命马周献平虏策。马周在御前，口诵如流，句句中了圣意，改为给事中之职。常何举贤有功，赐绢百匹。常何谢恩出朝，分付马上就引到卖馉店中，要请王媪相见。王媪还只道常中郎强要娶他，慌忙躲过，那里肯出来。常何坐在店中，叫苍头去寻个老年邻妪，替他传话："今日常中郎来此，非为别事，专为马给谏求亲。"王媪问其情由，方知马给谏就是马周。向时白马化龙之梦，今已验矣；此乃天付姻缘，不可违也。常何见王媪允从了，便将御赐绢匹，替马周行聘。赁下一所空宅，教马周住下。择个吉日，与王媪成亲，百官都来庆贺。正是：

> 分明乞相寒儒，忽作朝家贵客。

王媪嫁了马周，把自己一家一火，都搬到马家来了。里中无不称羡，这也不在话下。

却说马周自从遇了太宗皇帝，言无不听，谏无不从，不上三年，直做到吏部尚书，王媪封做夫人之职。那新丰店主人王公，知马周发迹荣贵，特到长安望他，就便先看看外甥女。行至万寿街，已不见了卖馉店，只道迁居去了。细问邻舍，才晓得外甥女已寡，晚嫁的就是马尚书，王公这场欢喜非通小可。问到尚书府中，与马周夫妇相见，各叙些旧话。住了月余，辞别要行。马周将千金相赠，王公那里肯受。马周道："壁上诗句犹在，一饭千金，岂可忘也？"王公方才收了，作谢而回，遂为新丰富民。此乃投瓜报玉，施恩报恩，也不在话下。

再说达奚刺史，因丁忧回籍，服满到京。闻马周为吏部尚书，自知得罪，心下忧惶，不敢补官。马周晓得此情，再三请要他相见。达奚拜倒在地，口称："有眼不识泰山，望乞恕罪。"马周慌忙扶起道："刺史教训诸生，正宜取端谨之士。嗜酒狂呼，此乃马周之罪，非贤刺史之过也。"即日举荐达奚为京兆尹。京师官员见马周度量宽洪，无不敬服。马周终身富贵，与王媪偕老。后人有诗叹云：

> 一代名臣属酒人，卖馇王媪亦奇人。
>
> 时人不具波斯眼，枉使明珠混俗尘。

第六卷　葛令公生遣弄珠儿

当时五霸说庄王，不但强梁压上邦。

多少倾城因女色，绝缨一事已无双。

话说春秋时，楚国有个庄王，姓芈，名旅，是五霸中一霸。那庄王曾大宴群臣于寝殿，美人俱侍。偶然风吹烛灭。有一人从暗中牵美人之衣，美人扯断了他系冠的缨索，诉与庄王，要他查名治罪。庄王想道："酒后疏狂，人人常态。我岂为一女子上，坐人罪过，使人笑戏？轻贤好色，岂不可耻？"于是出令曰："今日饮酒甚乐，在坐不绝缨者不欢。"比及烛至，满座的冠缨都解，竟不知调戏美人的是那一个。后来晋楚交战，庄王为晋兵所因，渐渐危急。忽有一将，杀入重围，救出庄王。庄王得脱，问："救我者为谁？"那将俯伏在地，道："臣乃昔日绝缨之人也。蒙吾王隐蔽，不加罪责，臣今愿以死报恩。"庄王大喜道："寡人若听美人之言，几丧我一员猛将矣。"后来大败晋兵，诸侯都叛晋归楚，号为一代之霸。有诗为证：

美人空自绝冠缨，岂为峨眉失虎臣？

莫怪荆襄多霸气，骊山戏火是何人？

世人度量狭窄，心术刻薄，还要搜他人的隐过，显自己的精明；莫说犯出不是来，他肯轻饶了你？这般人一生有怨无恩，但有缓急，也没人与他分忧替力了。像楚庄王恁般弃人小过，成其大业，真乃英雄举动，古今罕有。

说话的，难道真个没有第二个了？看官，我再说一个与你听。你道是那一朝人物？却是唐末五代时人。那五代？梁、唐、晋、汉、周，是名五代。梁乃朱温，唐乃李存勖，晋乃石敬瑭，汉乃刘知远，周乃郭威。方才要说的，正是梁朝中一员虎将，姓葛，名周；生来胸襟海阔，志量山高；力敌万夫，身经百战。他原是芒砀山中同朱温起手做事的，后来朱温受了唐禅，做了大梁皇帝，封葛周中书令兼领节度使之职，镇守兖州。这兖州与河北逼近，河北便是后唐李克用地面，所以梁太祖特着亲信的大臣镇守，弹压山东，虎视那河北，河北人仰他的威名，传出个口号来，道是："山东一条葛，无事莫撩拨。"从此人都称为"葛令公"。手下雄兵十万，战将如云，自不必说。

其中单表一人，复姓申徒，名泰，泗水人氏，身长七尺，相貌堂堂；轮的好刀，射的好箭。先前未曾遭际，只在葛令公帐下做个亲军。后来葛令公在甑山打围，申徒泰射倒一鹿，当有三班教师前来争夺。申徒泰只身独臂，打赢了三班教师，手提死鹿，到令公面前告罪。令公见他胆勇，并不计较，到有心抬举他。次日，教场演武，夸他弓马熟闲，补他做个虞候，随身听用。一应军情大事，好生重托。他为自家贫未娶，只在府厅耳房内栖止，这伙守厅军壮都称他做"厅头"。因此上下人等，顺口也都唤做"厅头"，正是：

萧何治狱为秦吏，韩信曾官执戟郎。

蠖屈龙腾皆运会，男儿出处又何常？

话分两头。却说葛令公姬妾众多，嫌宅院狭窄，教人相了地形，在东南角旺地上，另创个衙门，极其宏丽，限一年内，务要完工。每日差"厅头"去点闸两次。时值清明佳节，家家士女踏青，处处游人玩景。葛令公分付设宴岳云楼上。这个楼是兖州城中最高之处，葛令公引着一班姬妾，登楼玩赏。原来令公姬妾虽多，其中只有一人出色，名曰弄珠儿。那弄珠儿生得如何？——目如秋水，眉似远山。小口樱桃，细腰杨柳。妖艳不数太真，轻盈胜如飞燕。恍疑仙女临凡世，西子南威总不如。葛令公十分宠爱，日则侍侧，夜则专房。宅院中称为"珠娘"。这一日，同在岳云楼饮酒作乐。那申徒泰在新府点闸了人工，到楼前回话。令公唤他上楼，把金莲花巨杯赏他三杯美酒。申徒泰吃了，拜谢令公赏赐，起在一边。忽然抬头，见令公身边立个美妾，明眸皓齿，光艳照人。心中暗想："世上怎有恁般好女子？莫非天上降下来的神仙么？"那申徒泰正当壮年慕色之际，况且不曾娶妻，平昔间也曾听得人说令公有个美姬，叫做珠娘，十分颜色，只恨难得见面！今番见了这出色的人物，料想是他了。不觉三魂飘荡，七魄飞扬，一对眼睛光射定在这女子身上。真个是观之不足，看之有余。不提防葛令公有话问他，叫道："'厅头'，这工程几时可完？呀，申徒泰，申徒泰！问你工程几时可完！"连连唤了几声，全不答应。自古道心无二用，原来申徒泰一心对着那女子身上出神去了，这边呼唤，都不听得，也不知分付的是甚话。葛令公看见申徒泰目不转睛，已知其意，笑了一笑，便教撤了筵席，也不叫唤他，也不说破他出来。

却说伏侍的众军校看见令公叫呼不应，到替他捏两把汗。幸得令公不加嗔责，正不知甚么意思，少不得学与申徒泰知道。申徒泰听罢大惊！想道："我这条性命，只在早晚，必然难保。"整整愁了一夜。正是：

是非只为闲撩拨，烦恼皆因不老成。

到次日，令公升厅理事，申徒泰远远站着，头也不敢抬起。巴得散衙，这日就无事了。一连数日，神思恍惚，坐卧不安。葛令公晓得他心下忧惶，到把几句好言语安慰他，又差他往新府专管催督工程，遣他闸去。申徒泰离了令公左右，分明拾了性命一般。才得三分安稳，又怕令公在这场差使内寻他罪罚，到底有些疑虑，十分小心勤谨，早夜督工，不辞辛苦。

忽一日，葛令公差虞候许高来替申徒泰回衙。申徒泰闻知，又是一番惊恐，战战兢兢的离了新府，到衙门内参见。禀道："承恩相呼唤，有何差使？"葛令公道："主上在夹寨失利，唐兵分道入寇，李存璋引兵侵犯山东境界。见有本地告急文书到来，我待出师拒敌，因帐下无人，要你同去。"申徒泰道："恩相钧旨，小人敢不遵依。"令公分付甲仗库内，取熟铜盔甲一副，赏了申徒泰。申徒泰拜谢了，心中一喜一忧：喜的是跟令公出去，正好立功；忧的怕有小小差迟，令公记其前过，一并治罪。正是：

青龙白虎同行，吉凶全然未保。

却说葛令公简兵选将，即日兴师。真个是旌旗蔽天，锣鼓震地，一行来到郯城。唐将李存璋正待攻城，闻得兖州大兵将到，先占住琅琊山高阜去处，大小下了三个寨。葛周兵到，见失了地形，倒退三十里屯扎，以防冲突。一连四五日挑战，李存璋牢守寨栅，只不招架。到第七日，葛周大军拔寨都起，直逼李家大寨搦战。李存璋早做准备，在山前结成方阵，四面迎敌。阵中埋伏着弓箭手，但去冲阵的，都被射回。葛令公亲自引兵阵前观看一回，见行列齐整，如山不动，叹道："人传李存璋柏乡大战，今观此阵，果大将之才也。"这个方阵，一名"九宫八卦阵"，昔日吴王夫差与晋公会于黄池，用此阵以取胜。须俟其倦怠，阵脚稍乱，方可乘之。不然实难攻矣。当下出令，分付严阵相持，不许妄动。

看看申牌时分，葛令公见军士们又饥又渴，渐渐立脚不定。欲待退军，又怕唐兵乘胜追赶，踌躇不决。忽见申徒泰在旁，便问道："'厅头'，你有何高见？"申徒泰道："据泰愚意，彼军虽整，然以我军比度，必然一般疲困。诚得亡命勇士数人，出其不意，疾驰赴敌，倘得陷入其阵，大军继之，庶可成功耳。"令公抚其背道："我素知汝骁勇，能为我陷此阵否？"申徒泰即便掉刀上马，叫一声："有志气的快跟我来破贼！"帐前并无一人答应。申徒泰也不回顾，径望敌军奔去。

葛周大惊！急领众将，亲出阵前接应。只见申徒泰一匹马、一把刀，马不停蹄，刀不停手。马不停蹄，疾如电闪；刀不停手，快若风轮。不管三七二十一，直杀入阵中去了。原来对阵唐兵，初时看见一人一骑，不将他为意。谁知申徒泰拚命而来，这把刀神出鬼没，遇着他的，就如砍瓜切菜一般，往来阵中，如入无人之境。恰好遇着先锋沈祥，只一合斩于马下，跳下马来，割了首级，复飞身上马，杀出阵来，无人拦挡。葛周大军已到，申徒泰大呼道："唐兵阵乱矣！要杀贼的快来！"说罢，将首级掷于葛周马前，番身复杀入对阵去了。

葛周将令旗一招，大军一齐并力，长驱而进，唐兵大乱。李存璋禁押不住，只得鞭马先走。唐兵被梁家杀得七零八落，走得快的，逃了性命；略迟慢些，就为沙场之鬼。李存璋，唐朝名将，这一阵杀得大败亏输，望风而遁，弃下器械马匹，不计其数。梁家大获全胜。葛令公对申徒泰道："今日破敌，皆汝一人之功。"申徒泰叩头道："小人有何本事，皆仗令公虎威耳！"令公大喜，一面写表申奏朝廷，传令犒赏三军，休息他三日，第四日班师回兖州去。果然是：

> 喜孜孜鞭敲金镫响，笑吟吟齐唱凯歌回。

却说葛令公回衙，众侍妾罗拜称贺。令公笑道："为将者出师破贼，自是本分常事，何足为喜！"指着弄珠儿对众妾说道："你们众人只该贺他的喜。"众妾道："相公今日破敌，保全地方，朝廷必有恩赏。凡侍巾栉的，均受其荣，为何只是珠娘之喜？"令公道："此番出师，全亏帐下一人力战成功。无物酬赏他，欲将此姬赠与为妻。他终身有托，岂不可喜？"弄珠儿恃着平日宠爱，还不信是真，带笑的说道："相公休得取笑。"令公道："我生平不作戏言，已曾取库上六十万钱，替你具办资妆去了。只今晚便在西房独宿，不敢劳你侍酒。"弄珠儿听罢大惊，不觉泪如雨下，跪禀道："贱妾自侍巾栉，累年以来，未曾得罪。今一旦弃之他人，贱妾有死而已，决难从命。"令公大笑道："痴妮子，我非木石，岂与你无情？但前日岳云楼饮宴之时，我见此人目不转睛，晓得他钟情于汝。此人少年未娶，新立大功，非汝不足以快其意耳。"弄珠儿扯住令公衣袂，撒娇撒痴，千不肯，万不肯，只是不肯从命。令公道："今日之事，也由不得你。做人的妻，强似做人的妾。此人将来功名，不弱于我，乃汝福分当然。我又不曾误你，何须悲怨！"教众妾扶起珠娘，"莫要啼哭。"众妾为平时珠娘有专房之宠，满肚子恨他，巴不得撵他出去。今日闻此消息，正中其怀，一拥上前，拖拖曳曳，扶他到西房去，着实窝伴他，劝解他。弄珠儿此时也无可奈何，想着令公英雄性子，在儿女头上不十分留恋，叹了口气，只得罢了。从此日为始，令公每夜轮遣两名姬妾，陪珠娘西房宴宿，再不要他相见。有诗为证：

> 昔日专房宠，今朝召见稀。
>
> 非关情太薄，犹恐动情痴。

再说申徒泰自郯城回后，口不言功，禀过令公，依旧在新府督工去了。这日工程报完，恰好库吏也来禀道："六十万钱资妆，俱已备下，伏乞钧旨。"令公道："权且寄下，待移府后取用。"一面分付阴阳生择个吉日，合家迁在新府住居，独留下弄珠儿及丫鬟、养娘数十人。

库吏奉了钧帖，将六十万钱资妆，都搬来旧衙门内，摆设得齐齐整整，花堆锦簇。众人都疑道："令公留这旧衙门做外宅，故此重新摆设。"谁知其中就理！

这日，申徒泰同着一般虞候，正在新府声喏庆贺。令公独唤申徒泰上前，说道："郯城之功，久未图报。闻汝尚未娶妻，小妾颇工颜色。特奉赠为配。薄有资妆，都在旧府。今日是上吉之日，便可就彼成亲，就把这宅院判与你夫妻居住。"申徒泰听得，到吓得面如土色，不住的磕头，只道得个"不敢"二字，那里还说得出什么说话！令公又道："大丈夫意气相许，头颅可断，何况一妾！我主张已定，休得推阻。"申徒泰兀自谦让，令公分付众虞候，替他披红插花，随班乐工奏动鼓乐。众虞候喝道："申徒泰，拜谢了令公！"申徒泰恰似梦里一般，拜了几拜，不由自身做主，众人拥他出府上马。乐人迎导而去，直到旧府。只见旧时一班直厅的军壮，预先领了钧旨，都来参谒。前厅后堂，悬花结彩。丫鬟、养娘等引出新人交拜，鼓乐喧天，做起花烛筵席。申徒泰定睛看时，那女子正是岳云楼中所见。当时只道是天上神仙，霎时出现。因为贪看他颜色，险些儿获其大祸，丧了性命。谁知今日等闲间做了百年眷属，岂非侥幸？进到内宅，只见器用供帐，件件新，色色备，分明钻入锦绣窝中，好生过意不去。当晚就在西房安置，夫妻欢喜，自不必说。

次日，双双两口儿都到新府拜谢葛令公。令公分付挂了回避牌，不消相见。刚才转身回去，不多时，门上报到令公自来了，申徒泰慌忙迎着马头下跪迎接。葛令公下马扶起，直至厅上。令公捧出告身一道，请申徒泰为参谋之职。原来那时做镇使的，都请得有空头告身，但是军中合用官员，随他填写取用，然后奏闻朝廷，无有不依。况且申徒泰已有功绩申奏去了，朝廷自然优录的。令公教取官带与申徒泰换了，以礼相接。自此申徒泰洗落了"厅头"二字，感谢令公不尽。

一日，与浑家闲话，问及令公平日怎般宠爱，如何割舍得下？弄珠儿叙起岳云楼目不转睛之语，"令公说你钟情于妾，特地割爱相赠。"申徒泰听罢，才晓得令公体悉人情，重贤轻色，真大丈夫之所为也。这一节传出，军中都知道了，没一个人不夸扬令公仁德，都愿替他出力尽死。终令公之世，人心悦服，地方安静。后人有诗赞云：

> 重贤轻色古今稀，反怨为恩事更奇。
>
> 试借兖州功簿看，黄金台上有名姬。

第七卷　吴保安弃家赎友

古人结交惟结心，今人结交惟结面。结心可以同死生，结面那堪共贫贱？九衢鞍马日纷纭，追攀送谒无晨昏。座中慷慨出妻子，酒边拜舞犹弟兄。一关微利已交恶，况复大难肯相亲？君不见，当年羊、左称死友，至今史传高其人。

这篇词名为《结交行》，是叹末世人心险薄，结交最难。平时酒杯往来，如兄若弟；一遇虱大的事，才有些利害相关，便尔我不相顾了。真个是：酒肉弟兄千个有，落难之中无一人。还有朝兄弟，暮仇敌，才放下酒杯，出门便弯弓相向的。所以陶渊明欲息交，嵇叔夜欲绝交，刘孝标又做下《广绝交论》，都是感慨世情，故为忿激之谭耳。如今我说的两个朋友，却是从无一面的。只因一点意气上相许，后来患难之中，死生相救，这才算做心交至友。正是：

说来贡禹冠尘动，道破荆卿剑气寒。

话说大唐开元年间，宰相代国公郭震，字元振，河北武阳人氏。有侄儿郭仲翔，才兼文武，一生豪侠尚气，不拘绳墨，因此没人举荐。他父亲见他年长无成，写了一封书，教他到京参见伯父，求个出身之地。元振谓曰："大丈夫不能掇巍科，登上第，致身青云，亦当如班超、傅介子，立功异域，以博富贵。若但借门第为阶梯，所就岂能远大乎？"仲翔唯唯。

适边报到京：南中洞蛮作乱。原来武则天娘娘革命之日，要买嘱人心归顺，只这九溪十八洞蛮夷，每年一小犒赏，三年一大犒赏。到玄宗皇帝登极，把这犒赏常规都裁革了。为此群蛮一时造反，侵扰州县。朝廷差李蒙为姚州都督，调兵进讨。李蒙领了圣旨，临行之际，特往相府辞别，因而请教。郭元振曰："昔诸葛武侯七擒孟获，但服其心，不服其力。将军宜以慎重行之，必当制胜。舍侄郭仲翔，颇有才干，今遣与将军同行。俟破贼立功，庶可附骥尾以成名耳。"即呼仲翔出，与李蒙相见。李蒙见仲翔一表非俗，又且当朝宰相之侄，亲口嘱托，怎敢推委。即署仲翔为行军判官之职。

仲翔别了伯父，跟随李蒙起程。行至剑南地方，有同乡一人，姓吴，名保安，字永固，见任东川遂州方义尉。虽与仲翔从未识面，然素知其为人，义气深重，肯扶持济拔人的。乃修书一封，特遣人驰送于仲翔。仲翔拆书读之，书曰：

> 吴保安不肖，幸与足下生同乡里，虽缺展拜，而慕仰有日。以足下大才，辅李将军以平小寇，成功在旦夕耳。保安力学多年，仅官一尉；辟在剑外，乡关梦绝。况此官已满，后任难期，恐厄选曹之格限也。稔闻足下，分忧急难，有古人风。今大军征进，正在用人之际。傥垂念乡曲，录及细微，使保安得执鞭从事，树尺寸于幕府，足下丘山之恩，敢忘衔结！

仲翔玩其书意，叹曰："此人与我素昧平生，而骤以缓急相委，乃深知我者。大丈夫遇知己而不能与之出力，宁不负愧乎？"遂向李蒙夸奖吴保安之才，乞征来军中效用。李都督听了，便行下文帖到遂州去，要取方义尉吴保安为管记。

才打发差人起身，探马报：蛮贼猖獗，逼近内地。

李都督传令星夜趱行。来到姚州，正遇着蛮兵抢掳财物。不做准备，被大军一掩，都四散乱窜，不成队伍，杀得他大败全输。李都督恃勇，招引大军，乘势追逐五十里。天晚下寨，郭仲翔谏曰："蛮人贪诈无比，今兵败远遁，将军之威已立矣。宜班师回州，遣人宣播威德，招使内附；不可深入其地，恐堕诈谋之中。"李蒙大喝曰："群蛮今已丧胆，不乘此机扫清溪洞，更待何时？汝勿多言，看我破贼！"

次日，拔寨都起。行了数日，直到乌蛮界上。只见万山叠翠，草木蒙茸，正不知那一条是去路。李蒙心中大疑，传令："暂退平衍处屯扎。"一面寻觅土人，访问路径。忽然山谷之中，金鼓之声四起，蛮兵弥山遍野而来。洞主姓蒙名细奴逻，手执木弓药矢，百发百中。驱率各洞蛮酋穿林渡岭，分明似鸟飞兽奔，全不费力。唐兵陷于伏中，又且路生力倦，如何抵敌？李都督虽然骁勇，奈英雄无用武之地。手下爪牙看看将尽，叹曰："悔不听郭判官之言，乃为犬羊所侮！"拔出靴中短刀，自刺其喉而死。全军皆没于蛮中。后人有诗云：

马援铜柱标千古，诸葛旗台镇九溪。

何事唐师皆覆没？将军姓李数偏奇。

　　又有一诗，专咎李都督不听郭仲翔之言，以自取败。诗云：

　　　　不是将军数独奇，悬军深入总堪危。

　　　　当时若听还师策，总有群蛮谁敢窥？

　　其时，郭仲翔也被掳去。细奴逻见他丰神不凡，叩问之，方知是郭元振之侄，遂给与本洞头目乌罗部下。原来南蛮从无大志，只贪图中国财物。掳掠得汉人，都分给与各洞头目。功多的，分得多；功少的，分得少。其分得人口，不问贤愚，只如奴仆一般，供他驱使：斫柴割草，饲马牧羊。若是人口多的，又可转相买卖。汉人到此，十个九个只愿死，不愿生。却又有蛮人看守，求死不得。有恁般苦楚！这一阵厮杀，掳得汉人甚多。其中多有有职位的，蛮酋一一审出，许他寄信到中国去，要他亲戚来赎，获其厚利。你想被掳的人，那一个不思想还乡的？一闻此事，不论富家贫家，都寄信到家乡来了。就是各人家属，十分没法处置的，只得罢了；若还有亲有眷，挪移补凑得来，那一家不想借贷去取赎？那蛮酋忍心贪利，随你孤身穷汉，也要勒取好绢三十匹，方准赎回；若上一等的，凭他索诈。乌罗闻知郭仲翔是当朝宰相之侄，高其赎价，索绢一千匹。

仲翔想道："若要千绢，除非伯父处可办。只是关山迢递，怎得寄个信去？"忽然想着："吴保安是我知己，我与他从未会面，只为见他数行之字，便力荐于李都督，召为管记。我之用情，他必谅之。幸他行迟，不与此难，此际多应已到姚州。诚央他附信于长安，岂不便乎？"乃修成一书，径致保安。书中具道苦情及乌罗索价详细："倘永固不见遗弃，传语伯父，早来见赎，尚可生还。不然，生为俘囚，死为蛮鬼，永固其忍之乎？"永固者，保安之字也。书后附一诗云：

> 箕子为奴仍异域，苏卿受困在初年。

> 知君义气深相悯，愿脱征骖学古贤。

仲翔修书已毕，恰好有个姚州解粮官，被赎放回。仲翔乘便就将此书付之，眼盼盼看着他人去了，自己不能奋飞，万箭攒心，不觉泪如雨下。正是：

> 眼看他鸟高飞去，身在笼中怎出头？

不题郭仲翔蛮中之事。且说吴保安奉了李都督文帖，已知郭仲翔所荐。留妻房张氏和那新生下未周岁的孩儿在遂州住下，一主一仆飞身上路，赶来姚州赴任。闻知李都督阵亡消息，吃了一惊，尚未知仲翔生死下落，不免留身打探。恰好解粮官从蛮地放回，带得有仲翔书信，吴保安拆开看了，好生凄惨。便写回书一纸，书中许他取赎，留在解粮官处，嘱他觑便寄到蛮中，以慰仲翔之心。忙整行囊，便望长安进发。这姚州到长安三千余里，东川正是个顺路，保安径不回家，直到京都，求见郭元振相公。谁知一月前元振已薨，家小都扶柩而回了。

吴保安大失所望，盘缠罄尽，只得将仆、马卖去，将来使用。复身回到遂州，见了妻儿，放声大哭。张氏问其缘故，保安将郭仲翔失陷南中之事，说了一遍。"如今要去赎他，争奈自家无力，使他在穷乡悬望，我心何安？"说罢又哭。张氏劝止之，曰："常言巧媳妇煮不得没米粥，你如今力不从心，只索付之无奈了。"保安摇首曰："吾向者偶寄尺书，即蒙郭君垂情荐拔；今彼在死生之际，以性命托我，我何忍负之？不得郭回，誓不独生也！"

于是倾家所有，估计来止直得绢二百匹。遂撇了妻儿，欲出外为商。又怕蛮中不时有信寄来，只在姚州左近营运，朝驰暮走，东趁西奔。身穿破衣，口吃粗粝，虽一钱一粟，不敢妄费，都积来为买绢之用。得一望十，得十望百，满了百匹，就寄放姚州府库。眠里梦里只想着"郭仲翔"三字，连妻子都忘记了。整整的在外过了十个年头，刚刚的凑得七百匹绢，还未足千匹之数。正是：

> 离家千里逐锥刀，只为相知意气饶。
>
> 十载未偿蛮洞债，不知何日慰心交？

话分两头。却说吴保安妻张氏，同那幼孩子，孤孤凄凄的住在遂州。初时还有人看县尉面上，小意儿周济他；一连几年不通音耗，就没人理他了。家中又无积蓄，捱到十年之外，衣单食缺，万难存济，只得并迭几件破家火，变卖盘缠，领了十一岁的孩儿，亲自问路，欲往姚州寻取丈夫吴保安。夜宿朝行，一日只走得三四十里。比到得戎州界上，盘费已尽，计无所出。欲待求乞前去，又含羞不惯；思量薄命，不如死休，看了十一岁的孩儿，又割舍不下。左思右想，看看天晚，坐在乌蒙山下，放声大哭，惊动了过往的官人。那官人姓杨，名安居，新任姚州都督，正顶着李蒙的缺。从长安驰驿到任，打从乌蒙山下经过，听得哭声哀切，又是个妇人，停了车马，召而问之。张氏手搀着十一岁的孩儿，上前哭诉曰："妾乃遂州方义尉吴保安之妻，此孩儿即妾之子也。妾夫因友人郭仲翔陷没蛮中，欲营求千匹绢往赎，弃妾母子，久住姚州，十年不通音信。妾贫苦无依，亲往寻取，粮尽路长，是以悲泣耳。"安居暗暗叹异道："此人真义士！恨我无缘识之。"乃谓张氏曰："夫人休忧。下官忝任姚州都督，一到彼郡，即差人寻访尊夫。夫人行李之费，都在下官身上。请到前途馆驿中，当与夫人设处。"张氏收泪拜谢。虽然如此，心下尚怀惶惑。杨都督车马如飞去了。张氏母子相扶，一步步捱到驿前。杨都督早已分付驿官伺候，问了来历，请到空房饭食安置。次日五鼓，杨都督起马先行。驿官传杨都督之命，将十千钱赠为路费；又备下一辆车儿，差人夫送至姚州普淜驿中居住。张氏心中感激不尽。正是：

> 好人还遇好人救，恶人自有恶人磨。

且说杨安居一到姚州，便差人四下寻访吴保安下落。不三四日，便寻着了。安居请到都督府中，降阶迎接，亲执其手，登堂慰劳。因谓保安曰："下官常闻古人有死生之交，今亲见足下矣。尊夫人同令嗣远来相觅，见在驿舍，足下且往，暂叙十年之别。所需绢匹若干，吾当为足下图之。"保安曰："仆为友尽心，固其分内，奈何累及明公乎？"安居曰："慕公之义，欲成公之恚耳。"保安叩首曰："既蒙明公高谊，仆不敢固辞。所少尚三分之一，如数即付，仆当亲往蛮中，赎取吾友。然后与妻孥相见，未为晚也。"时安居初到任，乃于库中撮借官绢四百匹，赠与保安，又赠他全副鞍马。保安大喜，领了这四百匹绢，并库上七百匹，共一千一百之数，骑马直到南蛮界口，寻个熟蛮，往蛮中通话；将所余百匹绢，尽数托他使费。只要仲翔回归，心满意足。正是：

应时还得见，胜是岳阳金。

却说郭仲翔在乌罗部下，乌罗指望他重价取赎。初时好生看待，饮食不缺；过了一年有余，不见中国人来讲话，乌罗心中不悦，把他饮食都裁减了。每日一餐，着他看养战象。仲翔打熬不过，思乡念切，乘乌罗出外打围，拽开脚步，望北而走。那蛮中都是险峻的山路，仲翔走了一日一夜，脚底都破了。被一般看象的蛮子，飞也似赶来，捉了回去。乌罗大怒，将他转卖与南洞主新丁蛮为奴，离乌罗部二百里之外。那新丁最恶，差使小不遂意，整百皮鞭，鞭得背都青肿，如此已非一次。仲翔熬不得痛苦，捉个空，又想逃走；争奈路径不熟，只在山凹内盘旋。又被本洞蛮子追着了，拿去献与新丁。新丁不用了，又卖到南方一洞去，一步远一步了。那洞号菩萨蛮，更是利害。晓得郭仲翔屡次逃走，乃取木板两片，各长五六尺，厚三四寸，教仲翔把两只脚立在板上，用铁钉钉其脚面，直透板内，日常带着二板行动。夜间纳土洞中，洞口用厚木板门遮盖，本洞蛮子就睡在板上看守，一毫转动不得。两脚被钉处，常流脓血，分明是地狱受罪一般。有诗为证：

> 身卖南蛮南更南，土牢木锁苦难堪。

> 十年不达中原信，梦想心交不敢谭。

却说熟蛮领了吴保安言语来见乌罗，说知求赎郭仲翔之事。乌罗晓得绢足千匹，不胜之喜！便差人往南洞转赎郭仲翔回来。南洞主新丁，又引至菩萨蛮洞中，交割了身价。将仲翔两脚钉板，用铁钳取出钉来。那钉头入肉已久，脓水干后，如生成一般。今番重复取出，这疼痛比初钉时更自难忍。血流满地，仲翔登时闷绝，良久方醒，寸步难移。只得用皮袋盛了，两个蛮子扛抬着，直送到乌罗帐下。乌罗收足了绢匹，不管死活，把仲翔交付熟蛮，转送吴保安收领。

吴保安接着，如见亲骨肉一般。这两个朋友，到今日方才识面。未暇叙话，各睁眼看了一看，抱头而哭，

皆疑以为梦中相逢也。郭仲翔感谢吴保安，自不必说。保安见仲翔形容憔悴，半人半鬼，两脚又动掸不得，好生凄惨！让马与他骑坐，自己步行随后，同到姚州城内回复杨都督。

原来杨安居曾在郭元振门下做个幕僚，与郭仲翔虽未厮认，却有通家之谊；又且他是个正人君子，不以存亡易心。一见仲翔，不胜之喜。教他洗沐过了，将新衣与他更换，又教随军医生医他两脚疮口，好饮好食将息。不勾一月，平复如故。

且说吴保安从蛮界回来，方才到普溯驿中与妻儿相见。初时分别，儿子尚在襁褓，如今十一岁了。光阴迅速，未免伤感于怀。杨安居为吴保安义气上，十分敬重。他每对人夸奖，又写书与长安贵要，称他弃家赎友之事。又厚赠资粮，送他往京师补官。凡姚州一郡官府，见都督如此用情，无不厚赠。仲翔仍留为都督府判官。保安将众人所赠，分一半与仲翔留下使用。仲翔再三推辞，保安那里肯依，只得受了。吴保安谢了杨都督，同家小往长安进发。仲翔送出姚州界外，痛哭而别。保安仍留家小在遂州，单身到京，升补嘉州彭山丞之职。那嘉州仍是西蜀地方，迎接家小又方便，保安欢喜赴任去讫，不在话下。

再说郭仲翔在蛮中日久，深知款曲：蛮中妇女，尽有姿色，价反在男子之下。仲翔在任三年，陆续差人到蛮洞购求年少美女，共有十人。自己教成歌舞，鲜衣美饰，特献与杨安居伏侍，以报其德。安居笑曰："吾重生高义，故乐成其美耳。言及相报，得无以市井见待耶？"仲翔曰："荷明公仁德，微躯再造，特求此蛮口奉献，以表区区。明公若见辞，仲翔死不瞑目矣！"安居见他诚恳，乃曰："仆有幼女，最所钟爱，勉受一小口为伴，余则不敢如命。"仲翔把那九个美女，赠与杨都督帐下九个心腹将校，以显杨公之德。

时朝廷正追念代国公军功，要录用其子侄。杨安居表奏："故相郭震嫡侄仲翔，始进谏于李蒙，预知胜败；继陷身于蛮洞，备著坚贞。十年复返于故乡，三载效劳于幕府。荫既可叙，功亦宜酬。"于是郭仲翔得授蔚州录事参军。自从离家到今，共一十五年了。他父亲和妻子在家闻得仲翔陷没蛮中，杳无音信，只道身故已久。忽见亲笔家书，迎接家小临蔚州任所，举家欢喜无限。

仲翔在蔚州做官两年，大有声誉，升迁代州户曹参军。又经三载，父亲一病而亡，仲翔扶柩回归河北。丧

葬已毕，忽然叹曰："吾赖吴公见赎，得有余生。因老亲在堂，方谋奉养，未暇图报私恩。今亲殁服除，岂可置恩人于度外乎？"访知吴保安在宦所未回，乃亲到嘉州彭山县看之。

不期保安任满，家贫无力赴京听调，就便在彭山居住。六年之前，患了疫症，夫妇双亡，藁葬在黄龙寺后隙地。儿子吴天祐从幼母亲教训，读书识字，就在本县训蒙度日。仲翔一闻此信，悲啼不已。因制缞麻之服，腰绖执杖，步至黄龙寺内，向冢号泣，具礼祭奠。奠毕，寻吴天祐相见，即将自己衣服，脱与他穿了，呼之为弟，商议归葬一事。乃为文以告于保安之灵，发开土堆，止存枯骨二具。仲翔痛哭不已，旁观之人，莫不堕泪。仲翔预制下练囊二个，装保安夫妇骸骨。又恐失了次第，硷葬时一时难认，逐节用墨记下，装入练囊，总贮一竹笼之内，亲自背负而行。吴天祐道，是他父母的骸骨，理合他驮。来夺那竹笼。仲翔那肯放下，哭曰："永固为我奔走十年，今我暂时为之负骨，少尽我心而已。"一路且行且哭，每到旅店，必置竹笼于上坐，将酒饭浇奠过了，然后与天祐同食。夜间亦安置竹笼停当，方敢就寝。自嘉州到魏郡，凡数千里，都是步行。

他两脚曾经钉板，虽然好了，终是血脉受伤。一连走了几日，脚面都紫肿起来，内中作痛。看看行走不动，又立心不要别人替力，勉强捱去。有诗为证：

酬恩无地只奔丧，负骨徒行日夜忙。

遥望平阳数千里，不知何日到家乡？

仲翔思想："前路正长，如何是好？"天晚就店安宿，乃设酒饭于竹笼之前，含泪再拜，虔诚哀恳："愿吴永固夫妇显灵，保祐仲翔脚患顿除，步履方便，早到武阳，经营葬事。"吴天祐也从旁再三拜祷。到次日起身，仲翔便觉两脚轻健，直到武阳县中，全不疼痛。此乃神天护佑吉人，不但吴保安之灵也。

再说仲翔到家，就留吴天祐同居。打扫中堂，设立吴保安夫妇神位。买办衣衾棺椁，重新殡敛。自己戴孝，一同吴天祐守幕受吊。雇匠造坟，凡一切葬具，照依先葬父亲一般。又立一道石碑，详纪保安弃家赎友之事，使往来读碑者，尽知其善。又同吴天祐庐墓三年。那三年中，教训天祐经书，得他学问精通，方好出仕。三年后，要到长安补官，念吴天祐无家未娶，择宗族中侄女有贤德者，替他纳聘；割东边宅院子，让他居住成亲；又将一半家财，分给天祐过活。正是：

　　昔年为友抛妻子，今日孤儿转受恩。

　　正是投瓜还得报，善人不负善心人。

　　仲翔起服，到京补岚州长史，又加朝散大夫。仲翔思念保安不已，乃上疏。其略曰：

　　臣闻有善必劝者，固国家之典；有恩必酬者，亦匹夫之义。臣向从故姚州都督李蒙进御蛮寇，一战奏捷。臣谓深入非宜，尚当持重；主帅不听，全军覆没。臣以中华世族，为绝域穷困。蛮贼贪利，责绢还俘。谓臣宰相之侄，索至千匹。而臣家绝万里，无信可通。十年之中，备尝艰苦，肌肤毁剔，靡刻不泪。牧羊有志，射雁无期。而遂州方义尉吴保安，适至姚州，与臣虽系同乡，从无一面；徒以意气相慕，遂谋赎臣。经营百端，撇家数载；形容憔悴，妻子饥寒。拔臣于垂死之中，赐臣以再生之路。大恩未报，遽尔淹殁。臣今幸沾朱绂，而保安子天祐，食藿悬鹑，臣窃愧之。且天祐年富学深，足堪任使。愿以臣官，让之天祐。庶几国家劝善之典，与下臣酬恩之义，一举两得。臣甘就退闲，没齿无怨。谨昧死披沥以闻。

　　时天宝十二年也。疏入，下礼部详议。此一事哄动了举朝官员："虽然保安施恩在前，也难得郭仲翔义气，真不愧死友者矣。"礼部为此复奏，盛夸郭仲翔之品，"宜破格俯从，以励浇俗。吴天祐可试岚谷县尉，仲翔原官如故。"这岚谷县与岚州相邻，使他两个朝夕相见，以慰其情，这是礼部官的用情处。朝廷依允，仲翔领了吴天祐告身一道，谢恩出京。回到武阳县，将告身付与天祐。备下祭奠，拜告两家坟墓。择了吉日，两家宅眷，同日起程，向西京到任。

那时做一件奇事，远近传说，都道吴、郭交情，虽古之管、鲍，羊、左，不能及也。后来郭仲翔在岚州，吴天祐在岚谷县，皆有政绩，各升迁去。岚州人追慕其事，为立"双义祠"，祀吴保安、郭仲翔。里中凡有约誓，都在庙中祷告，香火至今不绝。有诗为证：

> 频频握手未为亲，临难方知意气真。
>
> 试看郭吴真义气，原非平日结交人。

第八卷　裴晋公义还原配

官居极品富千金，享用无多白发侵。

惟有存仁并积善，千秋不朽在人心。

当初，汉文帝朝中，有个宠臣，叫做邓通。出则随辇，寝则同榻，恩幸无比。其时有神相许负，相那邓通之面，"有纵理纹入口，必当穷饿而死。"文帝闻之，怒曰："富贵由我！谁人穷得邓通？"遂将蜀道铜山赐之，使得自铸钱。当时，邓氏之钱，布满天下，其富敌国。一日，文帝偶然生下个痈疽，脓血迸流，疼痛难忍。邓通跪而吮之，文帝觉得爽快，便问道："天下至爱者，何人？"邓通答道："莫如父子。"恰好皇太子入宫问疾，文帝也教他吮那痈疽。太子推辞道："臣方食鲜脍，恐不宜近圣恙。"太子出宫去了。文帝叹道："至爱莫如父子，尚且不肯为我吮疽；邓通爱我胜如吾子。"由是恩宠俱加。皇太子闻知此语，深恨邓通吮疽之事。后来文帝驾崩，太子即位，是为景帝。遂治邓通之罪，说他吮疽献媚，坏乱钱法。籍其家产，闭于空室之中，绝其饮食，邓通果然饿死。又汉景帝时，丞相周亚夫也有纵理纹在口。景帝忌他威名，寻他罪过，下之于廷尉狱中。亚夫怨恨，不食而死。

这两个极富极贵，犯了饿死之相，果然不得善终。然虽如此，又有一说，道是面相不如心相。假如上等贵相之人，也有做下亏心事，损了阴德，反不得好结果。又有犯着恶相的，却因心地端正，肯积阴功，反祸为福。此是人定胜天，非相法之不灵也。

如今说唐朝有个裴度，少年时，贫落未遇。有人相他纵理入口，法当饿死。后游香山寺中，于井亭栏干上拾得三条宝带。裴度自思："此乃他人遗失之物，我岂可损人利己，坏了心术？"乃坐而守之。少顷间，只见有个妇人啼哭而来，说道："老父陷狱，借得三条宝带，要去赎罪。偶到寺中盥手烧香，遗失在此。如有人拾取，可怜见还，全了老父之命。"裴度将三条宝带，即时交付与妇人，妇人拜谢而去。他日，又遇了那相士。相士大惊道："足下骨法全改，非复向日饿莩之相，得非有阴德乎？"裴度辞以没有。相士云："足下试自思之，必有拯溺救焚之事。"裴度乃言还带一节。相士云："此乃大阴功，他日富贵两全，可预贺也。"后来裴度果然进身及第，位至宰相，寿登耄耋。正是：

> 面相不如心相准，为人须是积阴功。

> 假饶方寸难移相，饿莩焉能享万钟？

说话的，你只道裴晋公是阴德上积来的富贵，谁知他富贵以后，阴德更多。则今听我说"义还原配"这节故事，却也十分难得。

话说唐宪宗皇帝元和十三年，裴度领兵削平了淮西反贼吴元济，还朝拜为首相，进爵晋国公。又有两处积久负固的藩镇，都惧怕裴度威名，上表献地赎罪：恒冀节度使王承宗，愿献德、隶二州；淄青节度使李师道，愿献沂、密、海三州。宪宗皇帝看见外寇渐平，天下无事，乃修龙德殿，浚龙首池，起承晖殿，大兴土木。又听山人柳泌，合长生之药。裴度屡次切谏，都不听。佞臣皇甫镈判度支，程异掌盐铁，专一刻剥百姓财物，名为羡余，以供无事之费。由是投了宪宗皇帝之意，两个佞臣并同平章事。裴度羞与同列，上表求退。宪宗皇帝不许，反说裴度好立朋党，渐有疑忌之心。裴度自念功名太盛，惟恐得罪，乃口不谈朝事，终日纵情酒色，以乐余年。四方郡牧，往往访觅歌儿舞女，献于相府，不一而足。论起裴晋公，那里要人来献。只是这班阿谀谄媚的，要博相国欢喜，自然重价购求；也有用强逼取的。鲜衣美饰，或假作家妓，或伪称侍儿，遣人殷殷勤勤的送来。裴晋公来者不拒，也只得纳了。

再说晋州万泉县，有一人姓唐，名璧，字国宝，曾举孝廉科，初任括州龙宗县尉，再任越州会稽丞。先在乡时，聘定同乡黄太学之女小娥为妻。因小娥尚在稚龄，待年未嫁。此及长成，唐璧两任游宦，都在南方，以此两下蹉跎，不曾婚配。那小娥年方二九，生得脸似堆花，体如琢玉；又且通于音律，凡箫管、琵琶之类，无所不工。晋州刺史奉承裴晋公，要在所属地方先取美貌歌姬一队进奉。已有了五人，还少一个出色掌班的。闻得黄小娥之名，又道太学之女，不可轻得，乃捐钱三十万，嘱托万泉县令求之。那县令又奉承刺史，遣人到黄太学家致意。黄太学回道："已经受聘，不敢从命。"县令再三强求，黄太学只是不允。时值清明，黄太学举家扫墓，独留小娥在家。县令打听的实，乃亲到黄家，搜出小娥，用肩舆抬去。着两个稳婆相伴，立刻送到晋州刺史处交割。硬将三十万钱，撇在他家，以为身价。比及黄太学回来，晓得女儿被县令劫去，急往县中，已知送去州里，再到晋州，将情哀求刺史。刺史道："你女儿才色过人，一入相府，必然擅宠。岂不胜作他人箕帚乎？况已受我聘财六十万钱，何不赠与汝婿，别图配偶？"黄太学道："县主乘某扫墓，将钱委置，某未尝面受。况止三十万，今悉持在此。某只愿领女，不愿领钱也。"刺史拍案大怒道："你得财卖女，却又瞒过三十万，强来絮聒，是何道理？汝女已送至晋国公府中矣，汝自往相府取索，在此无益。"黄太学看见刺史发怒，出言图赖，再不敢开口，两眼含泪而出。在晋州守了数日，欲得女儿一见，寂然无信。叹了口气，只得回县去了。

却说刺史将千金置买异样服饰、宝珠璎珞，妆扮那六个人如天仙相似。全副乐器，整日在衙中操演。直待晋国公生日将近，遣人送去，以作贺礼。那刺史费了许多心机，破了许多钱钞，要博相国一个大欢喜。谁知相国府中，歌舞成行；各镇所献美女，也不计其数。这六个人，只凑得闹热，相国那里便看在眼里，留在心里？从来奉承，尽有折本的，都似此类。有诗为证：

割肉剜肤买上欢，千金不吝备吹弹。

相公见惯浑闲事，羞杀州官与县官！

话分两头。再说唐璧在会稽任满，该得升迁。想黄小娥今已长成，且回家毕姻，然后赴京未迟。当下收拾宦囊，望万泉县进发。到家次日，就去谒见岳丈黄太学。黄太学已知为着姻事，不等开口，便将女儿被夺情节，一五一十，备细的告诉了。唐璧听罢，呆了半晌，咬牙切齿恨道："大丈夫浮沉薄宦，至一妻之不能保，何以生为？"黄太学劝道："贤婿英年才望，自有好姻缘相凑，吾女儿自没福相从，遭此强暴，休得过伤怀抱，有误前程。"唐璧怒气不息，要到州官、县官处，与他争论。黄太学又劝道："人已去矣，争论何益？况干碍裴相国。方今一人之下，万人之上，倘失其欢心，恐于贤婿前程不便。"乃将县令所留三十万钱抬出，交付唐璧道："以此为图婚之费。当初宅上有碧玉玲珑为聘，在小女身边，不得奉还矣。贤婿须念前程为重，休为小挫以误大事。"唐璧两泪交流，答道："某年近三旬，又失此良偶，琴瑟之事，终身已矣。蜗名微利，误人之本，从此亦不复思进取也！"言讫，不觉大恸。黄太学也还痛起来。大家哭了一场方罢。唐璧那里肯收这钱去，径自空身回了。

次日，黄太学亲到唐璧家，再三解劝，撺掇他早往京师听调。"得了官职，然后徐议良姻。"唐璧初时不肯，被丈人一连数日强逼不过，思量："在家气闷，且到长安走遭，也好排遣。"勉强择吉，买舟起程。丈人将三十万钱暗地放在舟中，私下嘱付从人道："开船两日后，方可禀知主人，拿去京中，好做使用，讨个美缺。"唐璧见了这钱，又感伤了一场，分付苍头："此是黄家卖女之物，一文不可动用！"

在路不一日，来到长安。雇人挑了行李，就裴相国府中左近处，下个店房，早晚府前行走，好打探小娥信息。过了一夜，次早到吏部报名，送历任文簿，查验过了。回寓吃了饭，就到相府门前守候。一日最少也踅过十来遍。住了月余，那里通得半个字！这些官吏们一出一入，如马蚁相似，谁敢上前把这没头脑的事问他一声！正是：

> 侯门一入深如海，从此萧郎是路人。

一日，吏部挂榜，唐璧授湖州录事参军。这湖州，又在南方，是熟游之地，唐璧也到欢喜。等有了告敕，收拾行李，雇唤船只出京。行到潼津地方，遇了一伙强人。自古道慢藏诲盗，只为这三十万钱，带来带去，露了小人眼目，惹起贪心，就结伙做出这事来。这伙强人从京城外，直跟至潼津，背地通同了船家，等待夜静，一齐下手。也是唐璧命不该绝，正在船头上登东，看见声势不好，急忙跳水，上岸逃命。只听得这伙强人乱了一回，连船都撑去。苍头的性命也不知死活。舟中一应行李，尽被劫去，光光剩个身子。正是：

屋漏更遭连夜雨，船迟又被打头风！

那三十万钱和行囊，还是小事。却是历任文簿和那告敕，是赴任的执照，也失去了，连官也做不成。

唐璧那一时真个是控天无路，诉地无门。思量："我直恁时乖运蹇，一事无成！欲待回乡，有何面目？欲待再往京师，向吏部衙门投诉，奈身畔并无分文盘费，怎生是好？这里又无相识借贷，难道求乞不成？"欲待投河而死，又想："堂堂一躯，终不然如此结果？"坐在路旁，想了又哭，哭了又想，左算右算，无计可施，从半夜直哭到天明。喜得绝处逢生，遇着一个老者，携杖而来，问道："官人为何哀泣？"唐璧将赴任被劫之事，告诉了一遍。老者道："原来是一位大人，失敬了。舍下不远，请那步则个。"老者引唐璧约行一里，到于家中，重复叙礼。老者道："老汉姓苏，儿子唤做苏凤华，见做湖州武源县尉，正是大人属下。大人往京，老汉愿少助资斧。"即忙备酒饭管待，取出新衣一套，与唐璧换了；捧出白金二十两，权充路费。

唐璧再三称谢，别了苏老，独自一个上路，再往京师旧店中安下。店主人听说路上吃亏，好生凄惨。唐璧到吏部门下，将情由哀禀。那吏部官道是告敕、文簿尽空，毫无巴鼻，难辨真伪。一连求了五日，并不作准。身边银两，都在衙门使费去了。回到店中，只叫得苦，两泪汪汪的坐着纳闷。只见外面一人，约莫半老年纪，头带软翅纱帽，身穿紫衫，挺带皂靴，好似押牙官模样，踱进店来。见了唐璧，作了辑，对面而坐，问道："足下何方人氏？到此贵干？"唐璧道："官人不问犹可，问我时，教我一时诉不尽心中苦情！"说未绝声，扑簌簌掉下泪来。紫衫人道："尊意有何不美？可细话之，或者可共商量也。"唐璧道："某姓唐，名璧，晋州万泉县人氏。近除湖州录事参军，不期行至潼津，忽遇盗劫，资斧一空。历任文簿和告敕都失了，难以之任。"紫衫人道："中途被劫，非关足下之事，何不以此情诉知吏部，重给告身，有何妨碍？"唐璧道："几次哀求，不蒙怜准，教我去住两难，无门恳告。"紫衫人道："当朝裴晋公，每怀恻隐，极肯周旋落难之人。足下何不去求见他？"唐璧听说，愈加悲泣道："官人休题起'裴晋公'

三字，使某心肠如割。"紫衫人大惊道："足下何故而出此言？"唐璧道："某幼年定下一房亲事，因屡任南方，未成婚配。却被知州和县尹用强夺去，凑成一班女乐，献与晋公，使某壮年无室。此事虽不由晋公，然晋公受人谄媚，以致府、县争先献纳，分明是他拆散我夫妻一般。我今日何忍复往见之？"紫衫人问道："足下所定之室，何姓何名？当初有何为聘？"唐璧道："姓黄，名小娥，聘物碧玉玲珑，见在彼处。"紫衫人道："某即晋公亲校，得出入内室，当为足下访之。"唐璧道："侯门一入，无复相见之期。但愿官人为我传一信息，使他知我心事，死亦瞑目。"紫衫人道："明日此时，定有好音奉报。"说罢，拱一拱手，踱出门去了。

唐璧转展思想，懊悔起来："那紫衫押牙，必是晋公亲信之人，遣他出外探事的。我方才不合议论了他几句，颇有怨望之词，倘或述与晋公知道，激怒了他，降祸不小！"心下好生不安，一夜不曾合眼。巴到天明，梳洗罢，便到裴府窥望。只听说令公给假在府，不出外堂；虽然如此，仍有许多文书来往，内外奔走不绝。只不见昨日这紫衫人。等了许久，回店去吃了些午饭，又来守候，绝无动静。看看天晚，眼见得紫衫人已是谬言失信了。嗟叹了数声，凄凄凉凉的回到店中。

　　方欲点灯，忽见外面两个人，似令史妆扮，慌慌忙忙的走入店来，问道："那一位是唐璧参军？"唬得唐璧躲在一边，不敢答应。店主人走来问道："二位何人？"那两个人答曰："我等乃裴府中堂吏，奉令公之命，来请唐参军到府讲话。"店主人指道："这位就是。"唐璧只得出来相见了，说道："某与令公素未通谒，何缘见召？且身穿亵服，岂敢唐突！"堂吏道："令公立等，参军休得推阻。"两个左右腋扶着，飞也似跑进府来。到了堂上，教"参军少坐，容某等禀过令公，却来相请"。两个堂吏进去了。不多时，只听得飞奔出来，复道："令公给假在内，请进去相见。"一路转弯抹角，都点得灯烛辉煌，照耀如白日一般。两个堂吏前后引路，到一个小小厅事中，只见两行纱灯排列，令公角巾便服，拱立而待。唐璧慌忙拜伏在地，流汗浃背，不敢仰视。令公传命扶起道："私室相延，何劳过礼？"便教看坐。唐璧谦让了一回，坐于旁侧，偷眼看着令公，正是昨日店中所遇紫衫之人，愈加惶惧，捏着两把汗，低了眉头，鼻息也不敢出来。

　　原来裴令公闲时常在外面私行耍子，昨日偶到店中，遇了唐璧。回府去，就查"黄小娥"名字，唤来相见，果然十分颜色。令公问其来历，与唐璧说话相同；

又讨他碧玉玲珑看时，只见他紧紧的带在臂上。令公甚是怜悯，问道："你丈夫在此，愿一见乎？"小娥流泪道："红颜薄命，自分永绝。见与不见，权在令公，贱妾安敢自专？"令公点头，教他且去。密地分付堂候官，备下资装千贯；又将空头告敕一道，填写唐璧名字，差人到吏部去，查他前任履历及新授湖州参军文凭，要得重新补给。件件完备，才请唐璧到府。唐璧满肚慌张，那知令公一团美意？

当日令公开谈道："昨见所话，诚心恻然。老夫不能杜绝馈遗，以致足下久旷琴瑟之乐，老夫之罪也。"唐璧离席下拜道："鄙人身遭颠沛，心神颠倒。昨日语言冒犯，自知死罪，伏惟相公海涵！"令公请起道："今日颇吉，老夫权为主婚，便与足下完婚。薄有行资千贯奉助，聊表赎罪之意。成亲之后，便可于飞赴任。"唐璧只是拜谢，也不敢再问赴任之事。只听得宅内一派乐声嘹亮，红灯数对，女乐一队前导，几个押班老嬷和养娘辈，簇拥出如花如玉的黄小娥来。唐璧慌欲躲避。老嬷道："请二位新人，就此见礼。"养娘铺下红毡，黄小娥和唐璧做一对儿立了，朝上拜了四拜，令公在旁答揖。早有肩舆在厅事外，伺候小娥登舆，一径抬到店房中去了。令公分付唐璧："速归逆旅，勿误良期。"唐璧跑回店中，只听得人言鼎沸。举眼看时，摆列得绢帛盈箱，金钱满箧。就是起初那两个堂吏看守着，专等唐璧到来，亲自交割。又有个小小篚儿，令公亲判封的。拆开看时，乃官诰在内，复除湖州司户参军。唐璧喜不自胜，当夜与黄小娥就在店中，权作洞房花烛。这一夜欢情，比着寻常毕姻的，更自得意。正是：

> 运去雷轰荐福碑，时来风送滕王阁。
>
> 今朝婚宦两称心，不似从前情绪恶。

唐璧此时有婚有宦，又有了千贯资装，分明是十八层地狱的苦鬼，直升至三十三天去了。若非裴令公仁心慷慨，怎肯周旋得人十分满足？

次日，唐璧又到裴府谒谢。令公预先分付门吏辞回："不劳再见。"唐璧回寓，重理冠带，再整行装。在京中买了几个童仆跟随，两口儿回到家乡，见了岳丈黄太学。好似枯木逢春，断弦再续，欢喜无限。过了几日，夫妇双双往湖州赴任。感激裴令公之恩，将沉香雕成小像，朝夕拜祷，愿其福寿绵延。后来裴令公寿过八旬，子孙蕃衍，人皆以为阴德所致。诗云：

> 无室无官苦莫论，周旋好事赖洪恩。
>
> 人能步步存阴德，福禄绵绵及子孙。

第九卷　滕大尹鬼断家私

玉树庭前诸谢，紫荆花下三田。埙篪和好弟兄贤，父母心中欢忭。

多少争财竞产，同根苦自相煎。相持鹬蚌枉垂涎，落得渔人取便。

这首词名为《西江月》，是劝人家弟兄和睦的。且说如今三教经典，都是教人为善的。儒教有十三经、六经、五经，释教有诸品《大藏金经》，道教有《南华冲虚经》及诸品藏经，盈箱满案，千言万语，看来都是赘疣。依我说，要做好人，只消个两字经，是"孝弟"两个字。那两字经中，又只消理会一个字，是个"孝"字。假如孝顺父母的，见父母所爱者，亦爱之；父母所敬者，亦敬之；何况兄弟行中，同气连枝，想到父母身上去，那有不和不睦之理？就是家私田产，总是父母挣来的，分什么尔我？较什么肥瘠？假如你生于穷汉之家，分文没得承受，少不得自家挽起眉毛，挣扎过活。见成有田有地，兀自争多嫌寡，动不动推说爹娘偏爱，分受不均。那爹娘在九泉之下，他心上必然不乐。此岂是孝子所为？所以古人说得好，道是：难得者兄弟，易得者田地。

怎么是难得者兄弟？且说人生在世，至亲的莫如爹娘，爹娘养下我来时节，极早已是壮年了，况且爹娘怎守得我同去？也只好半世相处。再说至爱的莫如夫妇，白头相守，极是长久的了。然未做亲以前，你张我李，各门各户，也空着幼年一段。只有兄弟们，生于一家，从幼相随到老。有事共商，有难共救，真像手足一般，何等情谊！譬如良田美产，今日弃了，明日又可挣得来的；若失了个弟兄，分明割了一手，折了一足，乃终身缺陷。说到此地，岂不是难得者兄弟，易得者田地？若是为田地上，坏了手足亲情，倒不如穷汉，赤光光没得承受，反为干净，省了许多是非口舌。

如今在下说一节国朝故事，乃是"滕县尹鬼断家私"。这节故事是劝人重义轻财，休忘了"孝弟"两字经。看官们或是有弟兄没兄弟，都不关在下之事，各人自去摸着心头，学好做人便了。正是：

善人听说心中刺，恶人听说耳边风。

话说国朝永乐年间，北直顺天府香河县，有个倪太守，双名守谦，字益之，家累千金，肥田美宅。夫人陈氏，单生一子，名曰善继，长大婚娶之后，陈夫人身故。倪太守罢官鳏居，虽然年老，只落得精神健旺。凡收租、放债之事，件件关心，不肯安闲享用。其年七十九岁，倪善继对老子说道："人生七十古来稀。父亲今年七十九，明年八十齐头了，何不把家事交卸与孩儿掌管，吃些见成茶饭，岂不为美？"老子摇着头，说出几句道："在一日，管一日。替你心，替你力，挣些利钱穿共吃。直待两脚壁立直，那时不关我事得。"

每年十月间，倪太守亲往庄上收租，整月的住下。庄户人家，肥鸡美酒，尽他受用。那一年，又去住了几日。偶然一日，午后无事，绕庄闲步，观看野景。忽然见一个女子同着一个白发婆婆，向溪边石上捣衣。那女子虽然村妆打扮，颇有几分姿色：

发同漆黑，眼若波明。纤纤十指似栽葱，曲曲双眉如抹黛。随常布帛，俏身躯赛着绫罗；点景野花，美丰仪不须钗钿。五短身材偏有趣，二八年纪正当时。

倪太守老兴勃发，看得呆了。那女子捣衣已毕，随着老婆婆而走。那老儿留心观看，只见他走过数家，进一个小小白篱笆门内去了。倪太守连忙转身，唤管庄的来，对他说如此如此，教他访那女子跟脚，曾否许人，若是没有人家时，我要娶他为妾，未知他肯否？管庄的巴不得奉承家主，领命便走。

原来那女子姓梅，父亲也是个府学秀才。因幼年父母双亡，在外婆身边居住。年一十七岁，尚未许人。管庄的访得的实了，就与那老婆婆说："我家老爷见你女孙儿生得齐整，意欲聘为偏房。虽说是做小，老奶奶去世已久，上面并无人拘管。嫁得成时，丰衣足食，自不须说；连你老人家年常衣服、茶、米，都是我家照顾，临终还得个好断送，只怕你老人家没福。"老婆婆听得花锦似一片说话，即时依允。也是姻缘前定，一说便成。管庄的回复了倪太守，太守大喜！讲定财礼，讨皇历看个吉日，又恐儿子阻挡，就在庄上行聘，庄上做亲。成亲之夜，一老一少，端的好看！有《西江月》为证：

　　一个乌纱白发，一个绿鬓红妆。枯藤缠树嫩花香，好似奶公相旁。一个心中凄楚，一个暗地惊慌。只愁那话忒郎当，双手扶持不上。

当夜倪太守抖擞精神，勾消了姻缘簿上。

真个是：

> 恩爱莫忘今夜好，风光不减少年时。

过了三朝，唤个轿子抬那梅氏回宅，与儿子、媳妇相见。阖宅男妇，都来磕头，称为"小奶奶"。倪太守把些布帛赏与众人，各各欢喜。只有那倪善继心中不美，面前虽不言语，背后夫妻两口儿议论道："这老人忒没正经！一把年纪，风灯之烛，做事也须料个前后。知道五年十年在世，却去干这样不了不当的事！讨这花枝般的女儿，自家也得精神对付他，终不然担误他在那里，有名无实。还有一件，多少人家老汉身边有了少妇，支持不过；那少妇熬不得，走了野路，出乖露丑，为家门之玷。还有一件，那少妇跟随老汉，分明似出外度荒年一般，等得年时成熟，他便去了。平时偷短偷长，做下私房，东三西四的寄开；又撒娇撒痴，要汉子制办衣饰与他；到得树倒鸟飞时节，他便颠作嫁人，一包儿收拾去受用。这是木中之蠹，米中之虫。人家有了这般人，最损元气的。"又说道："这女子娇模娇样，好像个妓女，全没有良家体段，看来是个做声分的头儿，擒老公的太岁。在咱爹身边，只该半妾半婢，叫声姨姐，后日还有个退步。可笑咱爹不明，就叫众人唤他做'小奶奶'，难道要咱们叫他娘不成？咱们只不作准他，莫要奉承透了，讨他做大起来，明日咱们颠到受他呕气。"夫妻二人，唧唧哝哝，说个不了。早有多嘴的，传话出来。倪太守知道了，虽然不乐，却也藏在肚里。幸得那梅氏秉性温良，事上接下，一团和气，众人也都相安。

过了两个月，梅氏得了身孕，瞒着众人，只有老公知道。一日三，三日九，捱到十月满足，生下一个小孩儿出来，举家大惊。这日正是九月九日，乳名取做重阳儿。到十一日，就是倪太守生日，这年恰好八十岁了。贺客盈门，倪太守开筵管待。一来为寿诞，二来小孩儿三朝，就当个汤饼之会。众宾客道："老先生高处，又新添个小令郎，足见血气不衰，乃上寿之徵也。"倪太守大喜！倪善继背后又说道："男子六十而精绝，况是八十岁了，那见枯树上生出花来？这孩子不知那里来的杂种，决不是咱爹嫡血，我断然不认他做兄弟。"老子又晓得了，也藏在肚里。

　　光阴似箭，不觉又一年。重阳儿周岁，整备做萃盘故事。里亲外眷，又来作贺。倪善继到走了出门，不来陪客。老子已知其意，也不去寻他回来，自己陪着诸亲，吃了一日酒。虽然口中不语，心内未免有些不足之意。自古道：子孝父心宽。那倪善继平日做人，又贪又狠。一心只怕小孩子长大起来，分了他一股家私，所以不肯认做兄弟。预先把恶话谣言，日后好摆布他母子。那倪太守是读书做官的人，这个关窍怎不明白？只恨自家老了，等不及重阳儿成人长大，日后少不得要在大儿子手里讨针线；今日与他结不得冤家，只索忍耐。看了这点小孩子，好生痛他；又看了梅氏小小年纪，好生怜他。常时想一会，闷一会，恼一会，又懊悔一会。

　　再过四年，小孩子长成五岁。老子见他伶俐，又忒会顽耍，要送他馆中上学。取个学名，哥哥叫善继，他就叫善述。拣个好日，备了果酒，领他去拜师父。那师父就是倪太守请在家里教孙儿的，小叔侄两个同馆上学，两得其便。谁知倪善继与做爹的不是一条心肠。他见那孩子取名善述，与己排行，先自不像意了。又与他儿子同学读书，到要儿子叫他叔叔，从小叫惯了，后来就被他欺压；不如唤了儿子出来，另从个师父罢。当日将儿子唤出，只推有病，连日不到馆中。倪太守初时只道是真病。过了几日，只听得师父说："大令郎另聘了个先生，分做两个学堂，不知何意？"倪太守不听犹可，听了此言，不觉大怒，就要寻大儿子问其缘故。又想到："天生恁般逆种，与他说也没干，由他罢了！"含了一口闷气，回到房中，偶然脚慢，拌着门槛一跌，梅氏慌忙扶起，搀到醉翁床上坐下，已自不省人事。急请医生来看，医生说是中风。忙取姜汤灌醒，扶他上床。虽然心下清爽，却满身麻木，动掸不得。梅氏坐在床头，煎汤煎药，殷勤伏侍，连进几服，全无功效。医生切脉道："只好延捱日子，不能全愈了。"倪善继闻知，也来看觑了几遍。见老子病势沉重，料是不起，便呼么喝六，打童骂仆，预先装出家主公的架子来。老子听得，愈加烦恼。梅氏只得啼哭，连小学生也不去上学，留在房中，相伴老子。

倪太守自知病笃，唤大儿子到面前，取出簿子一本，家中田地、屋宅及人头帐目总数，都在上面，分付道："善述年方五岁，衣服尚要人照管；梅氏又年少，也未必能管家。若分家私与他，也是枉然，如今尽数交付与你。倘或善述日后长大成人，你可看做爹的面上，替他娶房媳妇，分他小屋一所，良田五六十亩，勿令饥饿足矣。这段话，我都写绝在家私簿上，就当分家，把与你做个执照。梅氏若愿嫁人，听从其便；倘肯守着儿子度日，也莫强他。我死之后，你一一依我言语，这便是孝子，我在九泉，亦得瞑目。"倪善继把簿子揭开一看，果然开得细，写得明，满脸堆下笑来，连声应道："爹休忧虑，恁儿一一依爹分付便了。"抱了家私簿子，欣然而去。

梅氏见他走得远了，两眼垂泪，指着那孩子道："这个小冤家，难道不是你嫡血？你却和盘托出，都把与大儿子了，教我母子两口，异日把什么过活？"倪太守道："你有所不知，我看善继不是个良善之人，若将家私平分了，连这小孩子的性命也难保；不如都把与他，像了他意，再无妒忌。"梅氏又哭道："虽然如此，自古道：子无嫡庶，忒杀厚薄不均，被人笑话。"倪太守道："我也顾他不得了。你年纪正小，趁我未死，将儿子嘱付善继。待我去世后，多则一年，小少半载，尽你心中，拣择个好头脑，自去图下半世受用，莫要在他们身边讨气吃。"梅氏道："说那里话！奴家也是儒门之女，妇人从一而终；况又有了这小孩儿，怎割舍得抛他？好歹要守在这孩子身边的。"倪太守道："你果然肯守志终身么？莫非日久生悔？"梅氏就发起大誓来。倪太守道："你若立志果坚，莫愁母子没得过活。"便向枕边摸出一件东西来，交与梅氏。梅氏初时只道又是一个家私簿子，却原来是一尺阔、三尺长的一个小轴子。梅氏道："要这小轴儿何用？"倪太守道："这是我的行乐图，其中自有奥妙。你可悄地收藏，休露人目。直待孩子年长，善继不肯看顾他，你也只含藏于心。等得个贤明有司官来，你却将此轴去诉理，述我遗命，求他细细推详，自然有个处分，尽勾你母子二人受用。"梅氏收了轴子。话休絮烦，倪太守又延了数日，一夜痰厥，叫唤不醒，呜呼哀哉死了，享年八十四岁。正是：

> 三寸气在千般用，一日无常万事休。
>
> 早知九泉将不去，作家辛苦着何由！

且说倪善继得了家私薄，又讨了各仓各库匙钥，每日只去查点家财杂物，那有功夫走到父亲房里问安。直等呜呼之后，梅氏差丫鬟去报知凶信，夫妻两口方才跑来，也哭了几声"老爹爹"。没一个时辰，就转身去了，到委着梅氏守尸。幸得衣衾棺椁诸事都是预办下的，不要倪善继费心。殡殓成服后，梅氏和小孩子两口，守着孝堂，早暮啼哭，寸步不离。善继只是点名应客，全无哀痛之意，七中便择日安葬。回丧之夜，就把梅氏房中，倾箱倒箧；只怕父亲存下些私房银两在内。梅氏乖巧，恐怕收去了他的行乐图，把自己原嫁来的两只箱笼，到先开了，提出几件穿旧衣裳，教他夫妻两口检看。善继见他大意，到不来看了。夫妻两口儿乱了一回，自去了。梅氏思量苦切，放声大哭。那小孩子见亲娘如此，也哀哀哭个不住。恁般光景：

> 任是泥人应堕泪，从教铁汉也酸心。

次早，倪善继又唤个做屋匠来看这房子，要行重新改造，与自家儿子做亲。将梅氏母子，搬到后园三间杂屋内栖身。只与他四脚小床一张和几件粗台粗凳，连好家火都没一件。原在房中伏侍有两个丫鬟，只拣大些的又唤去了，止留下十一二岁的小使女。每日是他厨下取饭，有菜没菜，都不照管。梅氏见不方便，索性讨些饭米，堆个土灶，自炊来吃。早晚做些针指，买些小菜，将就度日。小学生到附在邻家上学，束修都是梅氏自出。善继又屡次教妻子劝梅氏嫁人，又寻媒妪与他说亲，见梅氏誓死不从，只得罢了。因梅氏十分忍耐，凡事不言不语，所以善继虽然凶狠，也不将他母子放在心上。

光阴似箭，善述不觉长成一十四岁。原来梅氏平生谨慎，从前之事，在儿子面前一字也不题。只怕娃子家口滑，引出是非，无益有损。守得一十四岁时，他胸中渐渐泾渭分明，瞒他不得了。一日，向母亲讨件新绢衣穿，梅氏回他："没钱买得。"善述道："我爹做过太守，止生我弟兄两人。见今哥哥恁般富贵，我要一件衣服，就不能够了，是怎地？既娘没钱时，我自与哥哥索讨。"说罢就走。梅氏一把扯住道："我儿，一件绢衣，直甚大事，也去开口求人。常言道：'惜福积福'、'小来穿线，大来穿绢'。若小时穿了绢，到大来线也没得穿了。再过两年，等你读书进步，做娘的情愿卖身来做衣服与你穿着。你那哥哥不是好惹的，缠他甚么！"善述道："娘说得是。"口虽答应，心下不以为然。想着："我父亲万贯家私，少不得兄弟两个大家分受。我又不是随娘晚嫁、拖来的油瓶，怎么我哥哥全不看顾？娘又是恁般说，终不然一匹绢儿，没有我分，直待娘卖身来做与我穿着。这话好生奇怪！哥哥又不是吃人的虎，怕他怎的？"心生一计，瞒了母亲，径到大宅里去。寻见了哥哥，叫声："作揖。"善继到吃了一惊，问他："来做什么？"善述道："我是个缙绅子弟，身上蓝缕，被人耻笑。特来寻哥哥，讨匹绢去做衣服穿。"善继道："你要衣服穿，自与娘讨。"善述道："老爹爹家私，是哥哥管，不是娘管。"善继听说"家私"二字，题目来得大了，便红着脸问道："这句话，是那个教你说的？你今日来讨衣服穿，还是来争家私？"善述道："家私少不得有日分析，今日先要件衣服，装装体面。"善继道："你这般野种，要什么体面！老爹爹纵有万贯家私，自有嫡子嫡孙，干你野种屁事！你今日是听了甚人撺掇，到此讨野火吃？莫要惹着我性子，教你母子二人无安身之处！"善述道："一般是老爹爹所生，怎么我是野种？惹着你性子，便怎地？难道谋害了我娘儿两个，你就独占了家私不成？"善继大怒，骂道："小畜生，敢挺撞我！"牵住他衣袖儿，捻起拳头，一连七八个栗暴，打得头皮都青肿了。善述挣脱了，一道烟走出，哀哀的哭到母亲面前来，一五一十，备细述与母亲知道。梅氏抱怨道："我教你莫去惹事，你不听教训，打得你好！"口里虽如此说，扯着青布衫，替他摩那头上肿处，不觉两泪交流。有诗为证：

　　少年孀妇拥遗孤，食薄衣单百事无。

只为家庭缺孝友，同枝一树判荣枯。

梅氏左思右量，恐怕善继藏怒，到遣使女进去致意，说小学生不晓世事，冲撞长兄，招个不是。善继兀自怒气不息。次日侵早，邀几个族人在家，取出父亲亲笔分关，请梅氏母子到来，公同看了，便道：“尊亲长在上，不是善继不肯养他母子，要撵他出去。只因善述昨日与我争取家私，发许多说话，诚恐日后长大，说话一发多了，今日分析他母子出外居住。东庄住房一所，田五十八亩，都是遵依老爹爹遗命，毫不敢自专，伏乞尊亲长作证。”这伙亲族，平昔晓得善继做人利害，又且父亲亲笔遗嘱，那个还肯多嘴，做闲冤家？都将好看的话儿来说。那奉承善继的说道：“千金难买亡人笔。照依分关，再没话了。”就是那可怜善述母子的，也只说道：“男子不吃分时饭，女子不着嫁时衣。多少白手成家的！如今有屋住，有田种，不算没根基了，只要自去挣持。得粥莫嫌薄，各人自有个命在。”

梅氏料道在园屋居住，不是了日。只得听凭分析，同孩儿谢了众亲长，拜别了祠堂，辞了善继夫妇；教人搬了几件旧家火和那原嫁来的两只箱笼，雇了牲口骑坐，来到东庄屋内。只见荒草满地，屋瓦稀疏，是多年不修整的。上漏下湿，怎生住得？将就打扫一两间，安顿床铺。唤庄户来问时，连这五十八亩田，都是最下不堪的：大熟之年，一半收成还不能够；若荒年，只好赔粮。梅氏只叫得苦。到是小学生有智，对母亲道："我弟兄两个，都是老爹爹亲生，为何分关上如此偏向？其中必有缘故。莫非不是老爹爹亲笔？自古道：家私不论尊卑。母亲何不告官申理？厚薄凭官府判断，到无怨心。"梅氏被孩儿题起线索，便将十来年隐下衷情，都说出来道："我儿休疑分关之语，这正是你父亲之笔。他道你年小，恐怕被做哥的暗算，所以把家私都判与他，以安其心。临终之日，只与我行乐图一轴，再三嘱付：'其中含藏哑谜，直待贤明有司在任，送他详审，包你母子两口有得过活，不致贫苦。'"善述道："既有此事，何不早说！行乐图在那里？快取来与孩儿一看。"梅氏开了箱儿，取出一个布包来。解开包袱，里面又有一重油纸封裹着。拆了封，展开那一尺阔、三尺长的小轴儿，挂在椅上，母子一齐下拜。梅氏通陈道："村庄香烛不便，乞恕亵慢。"善述拜罢，起来仔细看时，乃是一个坐像，乌纱白发，画得丰采如生。怀中抱着婴儿，一只手指着地下。揣摩了半晌，全然不解。只得依旧收卷包藏，心下好生烦闷。

　　过了数日，善述到前村要访个师父讲解。偶从关王庙前经过，只见一伙村人抬着猪羊大礼，祭赛关圣。善述立住脚头看时，又见一个过路的老者，拄了一根竹杖，也来闲看，问着众人道："你们今日为甚赛神？"众人道："我们遭了屈官司，幸赖官府明白，断明了这公事。向日许下神道愿心，今日特来拜偿。"老者道："什么屈官司？怎生断的？"内中一人道："本县向奉上司明文，十家为甲。小人是甲首，叫做成大。同甲中，有个赵裁，是第一手针线。常在人家做夜作，整几日不归家的。忽一日出去了，月余不归。老婆刘氏央人四下寻觅，并无踪迹。又过了数日，河内浮出一个尸首，头都打破的，地方报与官府。有人认出衣服，正是那赵裁。赵裁出门前一日，曾与小人酒后争句闲话，一时发怒，打到他家，毁了他几件家私，这是有的。谁知他老婆把这桩人命告了小人。前任漆知县，听信一面之词，将小人问成死罪；同甲不行举首，连累他们都有了罪名。小人无处伸冤，在狱三载。幸遇新任滕爷，他虽乡科出身，甚是明白。小人因他熟审时节哭诉其冤，他也疑惑道：'酒后争嚷，不是大仇，怎的就谋他一命？'准了小人状词，出牌拘人复审。滕爷一眼看着赵裁的老婆，千不说，万不说，开口便问他曾否再醮？刘氏道：'家贫难守，已嫁人了。'又问：'嫁的甚人？'刘氏道：'是班辈的裁缝，叫沈八汉。'滕爷当时飞拿沈八汉来问道：'你几时娶这妇人？'八汉道：'他丈夫死了一个多月，小人方才娶回。'滕爷道：'何人为媒？用何聘礼？'八汉道：'赵裁存日曾借用过小人七八两银子，小人闻得赵裁死信，走到他家探问，就便催取这银子。那刘氏没得抵偿，情愿将身许嫁小人，准折这银两，其实不曾央媒。'滕爷又问道：'你做手艺的人，那里来这七八两银子？'八汉道：'是陆续凑与他的。'滕爷把纸笔教他细开逐次借银数目。八汉开了出来，或米或银共十三次，凑成七两八钱之数。滕爷看罢，大喝道：'赵裁是你打死的，如何妄陷平人？'便用夹棍夹起，八汉还不肯认。滕爷道：'我说出情弊，教你心服：既然放本盘利，难道再没有第二个人托得，恰好都借与赵裁？必是平昔间与他妻子有奸，赵裁贪你东西，知情故纵。以后想做长久夫妻，便谋死了赵裁。却又教导那妇人告状，拈在成大身上。今日你开帐的字，与旧时状纸笔迹相同，这人命不是你是谁？'再教把妇人拶指，要他承招。刘氏听见滕爷言语，句句合拍，分明鬼谷先师一般，魂都惊散了，怎敢抵赖。拶子套上，便承认了。八汉只得也招了。原来八汉起初与刘氏密地相好，人都不知。后来往来勤了，赵裁怕人眼目，渐有隔绝之意。八汉私与刘氏商量，要谋死赵裁，与他做夫妻。刘氏不肯。八汉乘赵裁在人家做生活回来，哄他店上吃得烂醉；行到河边，将他推倒；用石块打破脑门，沉尸河底。只等事冷，便娶那妇人回去。后因尸骸浮起，被人认出，八汉闻得小人有争嚷之隙，却去唆那妇人告状。那妇人直待嫁后，方知丈夫是八汉谋死的；既做了夫妻，便不言语。却被滕爷审出真情，将他夫妻抵罪，释放小人宁家。多承列位亲邻斗出公分，替小人赛神。老翁，你道有这般冤事么？"老者道："恁般贤明官府，真个难遇！本县百姓有幸了。"

倪善述听在肚里，便回家学与母亲知道，如此如此，这般这般："有恁地好官府，不将行乐图去告诉，更待何时？"母子商议已定。打听了放告日期，梅氏起个黑早，领着十四岁的儿子，带了轴儿，来到县中叫喊。大尹见没有状词，只有一个小小轴儿，甚是奇怪，问其缘故。梅氏将倪善继平昔所为，及老子临终遗嘱，备细说了。滕知县收了轴子，教他且去，"待我进衙细看。"

正是：

> 一幅画图藏哑谜，千金家事仗搜寻。

> 只因孳妇孤儿苦，费尽神明大尹心。

不题梅氏母子回家。且说滕大尹放告已毕，退归私衙，取那一尺阔、三尺长的小轴看，是倪太守行乐图：一手抱个婴孩，一手指着地下。推详了半日，想道："这个婴孩就是倪善述，不消说了；那一手指地，莫非要有司官念他地下之情，替他出力么？"又想道："他既有亲笔分关，官府也难做主了。他说轴中含藏哑谜，必然还有个道理。若我断不出此事，枉自聪明一世。"每日退堂，便将画图展玩，千思万想。如此数日，只是不解。

也是这事合当明白，自然生出机会来。一日午饭后，又去看那轴子。丫鬟送茶来吃，将一手去接茶瓯，偶然失挫，泼了些茶把轴子沾湿了。滕大尹放了茶瓯，走向阶前，双手扯开轴子，就日色晒干。忽然，日光中照见轴子里面有些字影，滕知县心疑，揭开看时，乃是一幅字纸，托在画上，正是倪太守遗笔。上面写道：

> 老夫官居五马，寿逾八旬。死在旦夕，亦无所恨。但孽子善述，方年周岁，急未成立。嫡善继素缺孝友，日后恐为所戕。新置大宅二所及一切田

产，悉心授继。惟左偏旧小屋，可分与述。此屋虽小，室中左壁埋银五千，作五坛；右壁埋银五千，金一千，作六坛，可以准田园之额。后有贤明有司主断者，述儿奉酬白金三百两。八十一翁倪守谦亲笔。年　月　日花押。

原来这行乐图，是倪太守八十一岁上与小孩子做周岁时，预先做下的。古人云：知子莫若父，信不虚也。滕大尹最有机变的人，看见开着许多金银，未免垂涎之意。眉头一皱，计上心来，差人："密拿倪善继来见我，自有话说。"

却说倪善继独罢家私，心满意足，日日在家中快乐。忽见县差奉着手批拘唤，时刻不容停留。善继推阻不得，只得相随到县。正直大尹升堂理事，差人禀道："倪善继已拿到了。"大尹唤到案前，问道："你就是倪太守的长子么？"善继应道："小人正是。"大尹道："你庶母梅氏有状告你，说你逐母逐弟，占产占房，此事真么？"倪善继道："庶弟善述，在小人身边，从幼抚养大的。近日他母子自要分居，小人并不曾逐他。其家财一节，都是父亲临终亲笔分析定的，小人并不敢有违。"大尹道："你父亲亲笔在那里？"善继道："见在家中，容

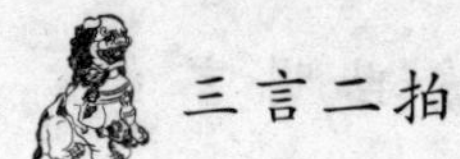

小人取来呈览。"大尹道："他状词内告有家财万贯，非同小可；遗笔真伪，也未可知。念你是缙绅之后，且不难为你。明日可唤齐梅氏母子，我亲到你家查阅家私。若厚薄果然不均，自有公道，难以私情而论。"喝教皂快押出善继，就去拘集梅氏母子，明日一同听审。公差得了善继的东道，放他回家去讫，自往东庄拘人去了。

再说善继听见官府口气利害，好生惊恐。论起家私，其实全未分析，单单持着父亲分关执照，千钧之力，须要亲族见证方好。连夜将银两分送三党亲长，嘱托他次早都到家来。若官府问及遗笔一事，求他同声相助。这伙三党之亲，自从倪太守亡后，从不曾见善继一盘一盒，岁时也不曾酒杯相及。今日大块银子送来，正是闲时不烧香，急来抱佛脚，各各暗笑，落得受了买东西吃。明日见官，旁观动静，再作区处。时人有诗云：

> 休嫌庶母妄兴词，自是为兄意太私。

> 今日将银买三党，何如匹绢赠孤儿？

且说梅氏见县差拘唤，已知县主与他做主。过了一夜，次日侵早，母子二人，先到县中去见滕大尹。大尹道："怜你孤儿寡妇，自然该替你说法。但闻得善继执得有亡父亲笔分关，这怎么处？"梅氏道："分关虽写得有，却是保全孩子之计，非出亡夫本心。恩相只看家私簿上数目，自然明白。"大尹道："常言道：清官难断家事。我如今管你母子一生衣食充足，你也休做十分大望。"梅氏谢道："若得免于饥寒足矣，岂望与善继同作富家郎乎？"滕大尹分付梅氏母子："先到善继家伺候。"

倪善继早已打扫厅堂，堂上设一把虎皮交椅，焚起一炉好香。一面催请亲族早来守候。梅氏和善述到来，见十亲九眷都在眼前，一一相见了，也不免说几句求情的话儿。善继虽然一肚子恼怒，此时也不好发泄。各各暗自打点见官的说话。

等不多时，只听得远远喝道之声，料是县主来了。善继整顿衣帽迎接；亲族中，年长知事的，准备上前见官；其幼辈怕事的，都站在照壁背后张望，打探消耗。只见一对对执事两班排立，后面青罗伞下，盖着有才有智的滕大尹。到得倪家门首，执事跪下，么喝一声。梅氏和倪家兄弟，都一齐跪下来迎接。门子喝声："起去！"轿夫停了五山屏风轿子，滕大尹不慌不忙，踱下轿来。将欲进门，忽然对着空中，连连打恭；口里应对，恰像有主人相迎的一般。众人都吃惊，看他做甚模样。只见滕大尹一路揖让，直到堂中，连作数揖，口中叙许多寒温的言语。先向朝南的虎皮交椅上打个恭，恰像有人看坐的一般；连忙转身，就拖一把交椅，朝北主位排下；又向空再三谦让，方才上坐。众人看他见神见鬼的模样，不敢上前，都两旁站立呆看。只见滕大尹在上坐拱揖，开谈道："令夫人将家产事告到晚生手里，此事端的如何？"说罢，便作倾听之状。良久，乃摇首吐舌道："长公子太不良了。"静听一会，又自说道："教次公子何以存活？"停一会，又说道："右偏小屋，有何活计？"又连声道："领教，领教。"又停一时，说道："这项也交付次公子？晚生都领命了。"少停又拱揖道："晚生怎敢当此厚惠？"推逊了多时，又道："既承尊命恳切，晚生勉领，便给批照与次公子收执。"乃起身，又连作数揖，口称："晚生便去。"众人都看得呆了。

只见滕大尹立起身来，东看西看，问道："倪爷那里去了？"门子禀道："没见什么倪爷。"滕大尹道："有此怪事？"唤善继问道："方才令尊老先生，亲在门外相迎；与我对坐了，讲这半日说话，你们谅必都听见的。"善继道："小人不曾听见。"滕大尹道："方才长长的身儿，瘦瘦的脸儿，高颧骨，细眼睛，长眉大耳，朗朗的三牙须，银也似白的，纱帽皂靴，红袍金带，可是倪老先生模样么？”唬得众人一身冷汗，都跪下道：“正是他生前模样。”大尹道：“如何忽然不见了？他说家中有两处大厅堂，又东边旧存下一所小屋，可是有的？”善继也不敢隐瞒，只得承认道：“有的。”大尹道：“且到东边小屋去一看，自有话说。”众人见大尹半日自言自语，说得活龙活现，分明是倪太守模样，都信道倪太守真个出现了，人人吐舌，个个惊心。谁知都是滕大尹的巧言。他是看了行乐图，照依小像说来，何曾有半句是真话！有诗为证：

> 圣贤自是空题目，惟有鬼神不敢触。
>
> 若非大尹假装词，逆子如何肯心服？

倪善继引路，众人随着大尹，来到东偏旧屋内。

这旧屋是倪太守未得第时所居，自从造了大厅大堂，把旧屋空着，只做个仓厅，堆积些零碎米麦在内，留下一房家人。看见大尹前后走了一遍，到正屋中坐下，向善继道：“你父亲果是有灵，家中事体，备细与我说了。教我主张，这所旧宅子与善述，你意下何如？”善继叩头道：“但凭恩台明断。”大尹讨家私簿子细细看了，连声道：“也好个大家事。”看到后面遗笔分关，大笑道：“你家老先生自家写定的，方才却又在我面前，说善继许多不是，这个老先儿也是没主意的。”唤倪善继过来，“既然分关写定，这些田园帐目，一一给你，善述不许妄争。”梅氏暗暗叫苦，方欲上前哀求，只见大尹又道：“这旧屋判与善述，此屋中之所有，善继也不许妄争。”善继想道：“这屋内破家破火，不直甚事，便堆下些米麦，一月前都粜得七八了，存不多儿，我也勾便宜了。”便连连答应道：“恩台所断极明。”

大尹道：“你两人一言为定，各无翻悔。众人既是亲族，都来做个证见。方才倪老先生当面嘱付说：‘此屋左壁下，埋银五千两，做五坛，当与次儿。’”善继不信，禀道：“若果然有此，即使万金，亦是兄弟的，小人并不敢争执。”大尹道：“你就争执时，我也不准。”便教手下讨锄头、铁锹等器，梅氏母子作眼，率领民壮，往东壁下掘开墙基，果然埋下五个大坛。发起来时，坛中满满的，都是光银子。把一坛银子上秤称时，算来该是六十二斤半，刚刚一千两足数。众人看见，无不惊讶。善继益发信真了：“若非父亲阴灵出现，面诉县主，这个藏银，我们尚且不知，县主那里知道？”只见滕大尹教把五坛银子一字儿摆在自家面前，又分付梅氏道：“右壁还有五坛，亦是五千之数。更有一坛金子，方才倪老先生有命，送我作酬谢之意，我不敢当，他再三相强，我只得领了。"梅氏同善述叩头说道："左壁五千，已出望外；若右壁更有，敢不依先人之命。"大尹道："我何以知之？据你家老先生是恁般说，想不是虚话。"再教人发掘西壁，果然六个大坛，五坛是银，一坛是金。善继看着许多黄白之物，眼里都放出火来，恨不得抢他一锭。只是有言在前，一字也不敢开口。滕大尹写个照帖，给与善继为照，就将这房家人，判与善述母子。梅氏同善述不胜之喜，一同叩头拜谢。善继满肚不乐，也只得磕几个头，勉强说句"多谢恩台主张"。大尹判几条封皮，将一坛金子封了，放在自己轿前，抬回衙内，落得受用。众人都认道真个倪太守许下酬谢他的，反以为理之当然，那个敢道个"不"字。这正叫做鹬蚌相持，渔人得利。若是倪善继存心忠厚，兄弟和睦，肯将家私平等分析，这千两黄金，弟兄大家该五百两，怎到得滕大尹之手？白白里作成了别人。自己还讨得气闷，又加个不孝不弟之名，千算万计，何曾算计得他人，只算计得自家而已！

闲话休题。再说梅氏母子，次日又到县拜谢滕大尹。大尹已将行乐图取去遗笔，重新裱过，给还梅氏收领。梅氏母子方悟行乐图上，一手指地，乃指地下所藏之金银也。此时有了这十坛银子，一般置买田园，遂成富室。后来善述娶妻，连生三子，读书成名。倪氏门中，只有这一枝极盛。善继两个儿子，都好游荡，家业耗废。善继死后，两所大宅子，都卖与叔叔善述管业。里中凡晓得倪家之事本末的，无不以为天报云。诗曰：

> 从来天道有何私，堪笑倪郎心太痴。
>
> 忍以嫡兄欺庶母，却教死父算生儿。
>
> 轴中藏字非无意，壁下埋金属有司。
>
> 何以存些公道好，不生争竞不兴词。

第十卷　众名姬春风吊柳七

北阙休上诗，南山归敝庐。

不才明主弃，多病故人疏。

白发催年老，青阳逼岁除。

永怀愁不寐，松月下窗虚。

这首诗，乃唐朝孟浩然所作。他是襄阳第一个有名的诗人，流寓东京，宰相张说甚重其才，与之交厚。一日，张说在中书省入直，草应制诗，苦思不就。遣堂吏密请孟浩然到来，商量一联诗句。正尔烹茶细论，忽然唐明皇驾到。孟浩然无处躲避，伏于床后。明皇早已瞧见，问张说道："适才避朕者，何人也？"张说奏道："此襄阳诗人孟浩然，臣之故友。偶然来此，因布衣，不敢唐突圣驾。"明皇道："朕亦素闻此人之名，愿一见之。"

孟浩然只得出来，拜伏于地，口称："死罪。"明皇道："闻卿善诗，可将生平得意一首，诵与朕听？"孟浩然就诵了《北阙休上诗》这一首。明皇道："卿非不才之流，朕亦未为明主；然卿自不来见朕，朕未尝弃卿也。"当下龙颜不悦，起驾去了。次日，张说入朝，见帝谢罪，因力荐浩然之才，可充馆职。明皇道："前朕闻孟浩然有'流星澹河汉，疏雨滴梧桐'之句，何其清新！又闻有'气蒸云梦泽，波憾岳阳楼'之句，何其雄壮！昨在朕前，偏述枯槁之辞，又且中怀怨望，非用世之器也。宜听归南山，以成其志！"由是终身不用，至今人称为孟山人。后人有诗叹云：

> 新诗一首献当朝，欲望荣华转寂寥。
>
> 不是不才明主弃，从来贵贱命中招。

古人中，有因一言拜相的，又有一篇赋上遇主的，那孟浩然只为错念了八句诗，失了君王之意，岂非命乎？

如今我又说一桩故事，也是个有名才子，只为一首词上误了功名，终身坎壈，后来颠到成了风流佳话。那人是谁？说起来，是宋神宗时人，姓柳，名永，字耆卿，原是建宁府崇安县人氏，因随父亲作宦，流落东

京。排行第七，人都称为柳七官人。年二十五岁，丰姿洒落，人才出众；琴棋书画，无所不通；至于吟诗作赋，尤其本等。还有一件，最其所长，乃是填词。怎么叫做填词？假如李太白有《忆秦娥》、《菩萨蛮》，王维有《郁轮袍》，这都是词名，又谓之诗余，唐时名妓多歌之。至宋时，大晟府乐官，博采词名，填腔进御。这个词，比切声调，分配十二律，其某律某调，句长句短，合用平、上、去、入四声字眼，有个一定不移之格。作词者，按格填入，务要字与音协，一些杜撰不得，所以谓之填词。那柳七官人于音律里面，第一精通，将大晟府乐词，加添至二百余调，真个是词家独步。他也自恃其才，没有一个人看得入眼，所以缙绅之门，绝不去走；文字之交，也没有人。终日只是穿花街，走柳巷，东京多少名妓，无不敬慕他，以得见为荣。若有不认得柳七者，众人都笑他为下品，不列姊妹之数。所以妓家传出几句口号，道是：

> 不愿穿绫罗，愿依柳七哥；
>
> 不愿君王召，愿得柳七叫；
>
> 不愿千黄金，愿中柳七心；
>
> 不愿神仙见，愿识柳七面。

那柳七官人，真个是朝朝楚馆，夜夜秦楼。内中有三个出名上等的行首，往来尤密。一个唤做陈师师，一个唤做赵香香，一个唤做徐冬冬。这三个行首，赔着自己钱财，争养柳七官人。怎见得？有《戏题》一词，名《西江月》为证：

> 调笑师师最惯，香香暗地情多，冬冬与我煞脾和，独自窝盘三个。

> "管"字下边无分，"闲"字加点如何？权将"好"字自停那，"奸"字中间着我。

这柳七官人，诗词文采，压于朝士。因此近侍官员，虽闻他恃才高傲，却也多少敬慕他的。那时天下太平，凡一才一艺之士，无不录用。有司荐柳永才名，朝中又有人保奏，除授浙江管下余杭县宰。这县宰官儿，虽不满柳耆卿之意，把做个进身之阶，却也罢了。只是舍不得那三个行首。时值春暮，将欲起程，乃制《西江月》为词，以寓惜别之意：

> 凤额绣帘高卷，兽檐朱户频摇。两竿红日上花梢，春睡厌厌难觉。

> 好梦枉随飞絮，闲愁浓胜香醪。不成雨暮与云朝，又是韶光过了。

三个行首，闻得柳七官人浙江赴任，都来饯别。众妓至者如云，耆卿口占《如梦令》云：

> 郊外绿阴千里，掩映红裙十队。惜别语方长，车马催人速去。偷泪，偷泪，那得分身应你！

柳七官人别了众名姬，携着琴、剑、书箱，扮作游学秀士，迤逦上路，一路观看风景。行至江州，访问本处名妓。有人说道："此处只有谢玉英，才色第一。"耆卿问了住处，径来相访。玉英迎接了，见耆卿人物文雅，便邀入个小小书房。耆卿举目看时，果然摆设得精致。但见：

> 明窗净几，竹榻茶垆。床间挂一张名琴，壁上悬一幅古画。香风不散，宝炉中常爇沉檀；清风逼人，花瓶内频添新水。万卷图书供玩览，一枰棋局佐欢娱。

耆卿看他桌上摆着一册书，题云："柳七新词"。检开看时，都是耆卿平日的乐府，蝇头细字，写得齐整。耆卿问道："此词何处得来？"玉英道："此乃东京才子柳七官人所作。妾平昔甚爱其词，每听人传诵，辄手录成帙。"耆卿又问道："天下词人甚多，卿何以独爱此作？"玉英道："他描情写景，字字逼真。如《秋思》一篇末云：'黯相望，断鸿声里，立尽斜阳。'《秋别》一篇云：'今宵酒醒何处？杨柳岸、晓风残月。'此等语，人不能道。妾每诵其词，不忍释手，恨不得见其人耳。"耆卿道："卿要识柳七官人否？小生就是。"玉英大惊，问其来历。耆卿将余杭赴任之事，说了一遍。玉英拜倒在地，道："贱妾凡胎，不识神仙，望乞恕罪。"置酒款待，殷勤留宿。

耆卿深感其意，一连住了三五日。恐怕误了凭限，只得告别。玉英十分眷恋，设下山盟海誓，一心要相随柳七官人，侍奉箕帚。耆卿道："赴任不便。若果有此心，俟任满回日，同到长安。"玉英道："既蒙官人不弃贱妾，从今为始，即当杜门绝客以待。切勿遗弃，使妾有白头之叹。"耆卿索纸，写下一词，名《玉女摇仙佩》。词云：

> 飞琼伴侣，偶别珠宫，未返神仙行缀。取次梳妆，寻常言语，有得几多姝丽？拟把名花比，恐旁人笑我，谈何容易。细思算，奇葩艳卉，惟是深红浅白而已。争如这多情，占得人间千娇百媚。
>
> 须信画堂绣阁，皓月清风，忍把光阴轻弃？自古及今，佳人才子，少得当年双美！且恁相偎倚，未消

得怜我多才多艺。愿奶奶兰心蕙性，枕前言下，表余深意。为盟誓，今生断不辜鸳被。

耆卿吟词罢，别了玉英上路。

不一日，来到姑苏地方，看见山明水秀，到个路旁酒楼上，沽饮三杯。忽听得鼓声齐响，临窗而望，乃是一群儿童，掉了小船，在湖上戏水采莲。口中唱着吴歌云：

采莲阿姐斗梳妆，好似红莲搭个白莲争。红莲自道颜色好，白莲自道粉花香。粉花香，粉花香，贪花人一见便来抢。红个也忒贵，白个也弗强。当面下手弗得，和你私下商量，好像荷叶遮身无人见，下头成藕带丝长。

柳七官人听罢，取出笔来，也做一只吴歌，题于壁上。歌云：

十里荷花九里红，中间一朵白松松。白莲则好摸藕吃，红莲则好结莲蓬。结莲蓬，结莲蓬，莲蓬生得忒玲珑。肚里一团清趣，外头包裹重重。有人吃着滋味，一时劈破难容。只图口甜，那得知我心里苦？开花结子一场空。

这首吴歌，流传吴下，至今有人唱之。

　　却说柳七官人过了姑苏，来到余杭县上任，端的为官清正，讼简词稀。听政之暇，便在大涤、天柱、由拳诸山，登临游玩，赋诗饮酒。这余杭县中，也有几家官妓，轮番承直。但是讼牒中犯着妓者名字，便不准行。妓中有个周月仙，颇有姿色，更通文墨。一日，在县衙唱曲侑酒，柳县宰见他似有不乐之色，问其缘故。月仙低头不语，两泪交流。县宰再三盘问，月仙只得告诉。

　　原来月仙与本地一个黄秀才，情意甚密。月仙一心只要嫁那秀才，奈秀才家贫，不能备办财礼。月仙守那秀才之节，誓不接客。老鸨再三逼迫，只是不从；因是亲生之女，无可奈何。黄秀才书馆与月仙只隔一条大河，每夜月仙渡船而去，与秀才相聚，至晓又回。同县有个刘二员外，爱月仙丰姿，欲与欢会。月仙执意不肯，吟诗四句道：

　　　不学路旁柳，甘同幽谷兰。

　　　游蜂若相询，莫作野花看。

　　刘二员外心生一计，嘱付舟人，教他乘月仙夜渡，移至无人之处，强奸了他，取个执证回话，自有重赏。舟人贪了赏赐，果然乘月仙下船，远远撑去。月仙见不是路，喝他住舡。那舟人那里肯依？直摇到芦花深处，僻静所在，将船泊了。走入船舱，把月仙抱住，逼着定要云雨。月仙自料难以脱身，不得已而从之。云收雨散，月仙惆怅，吟诗一首：

自恨身为妓，遭污不敢言。

羞归明月渡，懒上载花船。

是夜，月仙仍到黄秀才馆中住宿，却不敢声告诉，至晓回家。其舟人记了这四句诗，回复刘二员外；员外将一锭银子，赏了舟人去了。便差人邀请月仙家中侑酒，酒到半酣，又去调戏月仙，月仙仍旧推阻。刘二员外取出一把扇子来，扇上有诗四句，教月仙诵之。月仙大惊！原来却是舟中所吟四句，当下顿口无言。刘二员外道："此处牙床锦被，强似芦花明月，小娘子勿再推托。"月仙满面羞渐，安身无地，只得从了刘二员外之命。以后刘二员外日逐在他家占住，不容黄秀才相处。

自古道：小娘子爱俏，鸨儿爱钞。黄秀才虽然儒雅，怎比得刘二员外有钱有钞？虽然中了鸨儿之意，月仙心下只想着黄秀才，以此闷闷不乐。今番被县宰盘问不过，只得将情诉与。柳耆卿是风流首领，听得此语，好生怜悯。当日就唤老鸨过来，将钱八十千付作身价，替月仙除了乐籍，一面请黄秀才相见，亲领月仙回去，成其夫妇。黄秀才与周月仙拜谢不尽。正是：

> 风月客怜风月客，有情人遇有情人。

柳耆卿在余杭三年，任满还京。想起谢玉英之约，便道再到江州。原来谢玉英初别耆卿，果然杜门绝客。过了一年之后，不见耆卿通问，未免风愁月恨；更兼日用之需，无从进益。日逐车马填门，回他不脱。想着五夜夫妻，未知所言真假；又有闲汉从中撺掇，不免又随风倒舵，依前接客。有个新安大贾孙员外，颇有文雅，与他相处年余，费过千金。耆卿到玉英家询问，正值孙员外邀玉英同往湖口看船去了。耆卿到不遇。知玉英负约，怏怏不乐，乃取花笺一幅，制词名《击梧桐》。词云：

> 香靥深深，姿姿媚媚，雅格奇容天与。自识伊来便好看承，会得妖娆心素。临岐再约同欢，定是都把平生相许。又恐恩情易破难成，未免千般思虑。　　近日重来，空房而已，苦杀叨叨言语。便认得听人教当，拟把前言轻负。见说兰台宋玉，多才多艺善词赋。试与问，朝朝暮暮，行云何处去？

后写："东京柳永，访玉卿不遇，漫题。"耆卿写毕，念了一遍，将词笺粘于壁下，拂袖而出。回到东京，屡有人举荐，升为屯田员外郎之职。东京这班名姬，依旧来往。耆卿所支俸钱，及一应求诗求词馈送下来的东西，都在妓家销化。

一日，正在徐冬冬家积翠楼戏耍。宰相吕夷简差堂吏传命，直寻将来。说道："吕相公六十诞辰，家妓无新歌上寿，特求员外一阕，幸即挥毫，以便演习。蜀锦二端，吴绫四端，聊充润笔之敬，伏乞俯纳。"耆卿允了，留堂吏在楼下酒饭。问徐冬冬有好纸否，徐冬冬在箧中，取出两幅芙蓉笺纸，放于案上。耆卿磨得墨浓，蘸得笔饱，拂开一幅笺纸，不打草儿，写下《千秋岁》一阕云：

> 泰阶平了，又见三台耀。烽火静，搀枪扫。朝堂耆硕辅，樽俎英雄表。福无艾，山河带砺人难老。　　渭水当年钓，晚应飞熊兆；同一吕，今偏早。乌纱头未白，笑把金樽倒。人争羡，二十四遍中书考。

耆卿一笔写完，还剩下芙蓉笺一纸，余兴未尽，后写《西江月》一调云：

> 腹内胎生异锦，笔端舌喷长江。纵教匹绢字难偿，不屑与人称量。

我不求人富贵，人须求我文章。风流才子占词场，真是白衣卿相。

耆卿写毕，放在桌上。

恰好陈师师家差个侍儿来请，说道："有下路新到一个美人，不言姓名，自述特慕员外，不远千里而来，今在寒家奉候，乞即降临。"耆卿忙把诗词装入封套，打发堂吏动身去了，自己随后往陈师师家来。一见了那美人，吃了一惊。那美人是谁？正是：

着意寻不见，有时还自来。

那美人正是江州谢玉英。他从湖口看舡回来，见了壁上这只《击梧桐》词，再三讽咏，想着："耆卿果是有情之人，不负前约。"自觉惭愧。瞒了孙员外，收拾家私，雇了船只，一径到东京问柳七官人。闻知他在陈师师家往来极厚，特拜望师师，求其引见耆卿。当时分明是断花再接，缺月重圆，不胜之喜。陈师师问其详细，便留谢玉英同住。玉英怕不稳便，商量割东边院子另住。自到东京，从不见客，只与耆卿相处，如夫妇一般。耆卿若往别妓家去，也不阻挡，甚有贤达之称。

话分两头。再说耆卿匆忙中，将所作寿词封付堂吏，谁知忙中多有错，一时失于点检，两幅词笺都封了去。吕丞相拆开封套，先读了《千秋岁》调，到也欢喜。又见《西江月》调，少不得也念一遍。念到"纵教匹绢字难偿，不屑与人称量"，笑道："当初裴晋公修福光寺，求文于皇甫湜，湜每字索绢三匹。此子嫌吾酬仪太薄耳！"又念道："我不求人富贵，人须求我文章"，大怒道："小子轻薄，我何求汝耶？"从此衔恨在心。柳耆卿却是疏散的人，写过词，丢在一边了，那里还放在心上。

又过了数日，正值翰林员缺，吏部开荐柳永名字。仁宗曾见他增定大晟乐府，亦慕其才，问宰相吕夷简道："朕欲用柳永为翰林，卿可识此人否？"吕夷简奏道："此人虽有词华，然恃才高傲，全不以功名为念。见任屯田员外，日夜留连妓馆，大失官箴。若重用之，恐士习由此而变。"遂把耆卿所作《西江月》词诵了一遍。仁宗皇帝点头。早有知谏院官，打听得吕丞相衔恨柳永，欲得逢迎其意，连章参劾。仁宗御笔批着四句道：

> 柳永不求富贵，谁将富贵求之？
>
> 任作白衣卿相，风前月下填词。

柳耆卿见罢了官职，大笑道："当今做官的，都是不识字之辈，怎容得我才子出头？"因改名柳三变，人都不会其意，柳七官人自解说道："我少年读书，无所不窥，本求一举成名，与朝家出力；因屡次不第，牢骚失意，变为词人。以文采自见，使保留后世足矣；何期被荐，顶冠束带，变为官人。然浮沉下僚，终非所好；今奉旨放落，行且逍遥自在，变为仙人。"从此益放旷不检，以妓为家。将一个手板上写道："奉圣旨填词柳三变。"欲到某妓家，先将此手板送去，这一家便整备酒肴，伺候过宿。次日，再要到某家，亦复如此。凡所作小词，落款书名处，亦写"奉圣旨填词"五字，人无有不笑之者，如此数年。

一日，在赵香香家偶然昼寝，梦见一黄衣吏从天而下，道说："奉玉帝敕旨，《霓裳羽衣曲》已旧，欲易新声，特借重仙笔，即刻便往。"柳七官人醒来，便讨香汤沐浴。对赵香香道："适蒙上帝见召，我将去矣。各家姊妹可寄一信，不能候之相见也。"言毕，瞑目而坐。香香视之，已死矣。慌忙报知谢玉英，玉英一步一跌的哭将来。陈师师、徐冬冬两个行首，一时都到。又有几家曾往来的，闻知此信，也都来赵家。

原来柳七官人，虽做两任官职，毫无家计。谢玉英虽说跟随他终身，到带着一家一火前来，并不费他分毫之事。今日送终时节，谢玉英便是他亲妻一般；这几个行首，便是他亲人一般。当时陈师师为首，敛取众妓家财帛，制买衣衾棺椁，就在赵家殡殓。谢玉英衰绖做个主丧，其他三个的行首，都聚在一处，带孝守幕。一面在乐游原上，买一块隙地起坟，择日安葬。坟上竖个小碑，照依他手板上写的增添两字，刻云："奉圣旨填词柳三变之墓。"出殡之日，官僚中也有相识的，前来送葬。只见一片缟素，满城妓家，无一人不到，哀声震地。那送葬的官僚，自觉惭愧，掩面而返。

不逾两月，谢玉英过哀，得病亦死，附葬于柳墓之旁。亦见玉英贞节，妓家难得，不在话下。

自葬后，每年清明左右，春风骀荡，诸名姬不约而同，各备祭礼，往柳七官人坟上，挂纸钱拜扫，唤做"吊柳七"，又唤做"上风流冢"。未曾"吊柳七"、"上风流冢"者，不敢到乐游原上踏青。后来成了个风俗，直到高宗南渡之后，此风方止。后人有诗题柳墓云：

乐游原上妓如云，尽上风流柳七坟。

可笑纷纷缙绅辈，怜才不及众红裙。

第十一卷　陈希夷四辞朝命

人人尽说清闲好，谁肯逢闲闲此身？

不是逢闲闲不得，清闲岂是等闲人！

则今且说个"閒"字，是"门"字中着个"月"字。你看那一轮明月，只见他忙忙的穿窗入户，那天上清光不动，却是冷淡无心。人学得他，便是闹中取静，才算做真闲。有的说："人生在世，忙一半，闲一半。假如日里做事是忙，夜间睡去便是闲了。却不知日里忙忙做事的，精神散乱；昼之所思，夜之所梦，连睡去的魂魄，都是忙的，那得清闲自在？古时有个仙长，姓庄，名周，睡去梦中化为蝴蝶，栩栩而飞，其意甚乐。醒将转来，还只认做蝴蝶化身。只为他胸中无事，逍遥洒落，故有此梦。世上多少渴睡汉，怎不见第二个人梦为蝴蝶？可见梦睡中也分个闲忙在。且莫论闲忙，一入了名利关，连睡也讨不得个足意。所以古诗云：

朝臣待漏五更寒，铁甲将军夜度关。

山寺日高僧未起，算来名利不如闲。

《心相篇》有云："上床便睡，定是高人；支枕无眠，必非闲客。"如今人名利关心，上了床，千思万想，那得便睡？比及睡去，忽然又惊醒将来。尽有一般昏昏沉沉，以昼为夜，睡个没了歇的。多因酒色过度，四肢困倦；或因愁绪牵缠，心神浊乱所致。总来不得睡趣，不是睡的乐境。

则今且说第一个睡中得趣的，无过陈抟先生。怎见得？有诗为证：

昏昏黑黑睡中天，无暑无寒也没年。

彭祖寿经八百岁，不比陈抟一觉眠。

俗说陈抟一觉，睡了八百年。按陈抟寿止一百十八岁，虽说是尸解为仙去了，也没有一睡八百年之理。此是诨话！只是说他睡时多，醒时少。他曾两隐名山，四辞朝命，终身不近女色，不亲人事，所以步步清闲。则他这睡，也是仙家伏气之法，非他人所能学也。说话的，你道他隐在那两处的名山？辞那四朝的君命？有诗为证：

> 纷纷五代战尘嚣，转眼唐周又宋朝。
>
> 多少彩禽投笼罩，云中仙鹤不能招。

话说陈抟先生，表字图南，别号扶摇子，亳州真源人氏。生长五六岁，还不会说话，人都叫他"哑孩儿"。一日，在水边游戏，遇一妇人，身穿青色之衣，自称毛女。将陈抟抱去山中，饮以琼浆，陈抟便会说话，自觉心窍开爽。毛女将书一册，投他怀内，又赠以诗云：

> 药苗不满筥，又更上危巅。
>
> 回指归去路，相将入翠烟。

陈抟回到家中，忽然念这四句诗出来，父母大惊！问道："这四句诗，谁教你的？"陈抟说其缘故，就怀中取出书来看时，乃是一本《周易》。陈抟便能成诵，就晓得八卦的大意。自此无书不览，只这本《周易》，坐卧不离。又爱读《黄庭》《老子》诸书，洒然有出世之志。十八岁上，父母双亡。便把家财抛散，分赠亲族乡党。自只携一石铛，往本县隐山居住。梦见毛女授以炼形归气、炼气归神、炼神归虚之法，遂奉而行之，足迹不入城市。梁唐士大夫慕陈先生之名，如活神仙，求一见而不可得。有造谒者，先生辄侧卧，不与交接。人见他鼾睡不起，叹息而去。

后唐明宗皇帝长兴年间，闻其高尚之名，御笔亲书丹诏，遣官招之。使者络绎不绝，先生违不得圣旨，只得随使者取路到洛阳帝都，谒见天子，长揖不拜，满朝文武失色，明宗全不嗔怪。御手相挽，锦墩赐坐，说道："劳苦先生远来，朕今得睹清光，三生之幸。"陈抟答道："山野鄙夫，自比朽木，无用于世。过蒙陛下采录，有负圣意，乞赐放归，以全野性。"明宗道："既荷先生不弃而来，朕正欲侍教，岂可轻去？"陈抟不应，闭目睡去了。明宗叹道："此高士也，朕不可以常礼待之。"乃送至礼贤宾馆，饮食供帐甚设。先生一无所用，蚤晚只在个蒲团上打坐。明宗屡次驾幸礼贤馆，有时值他睡卧，不敢惊醒而去。明宗心知其为异人，愈加敬重，欲授以大官，陈抟那里肯就。

有丞相冯道奏道："臣闻：七情莫甚于爱欲，六欲莫甚于男女。方今冬天雨雪之际，陈抟独坐蒲团，必然寒冷。陛下差一使命，将嘉酝一樽赐之；妙选美女三人，前去与他侑酒暖足。他若饮其酒，留其女，何愁他不受官爵矣！"明宗从其言，于宫中选二八女子三人，美丽无比；装束华整，更自动人。又将尚方美酝一樽，遣内侍宣赐。内侍口传皇命道："官家见天气奇冷，特赐美酝消遣；又赐美女与先生暖足，先生万勿推辞。"只见陈抟欣然对使开樽，一饮而尽；送来美人，也不推辞。内侍入宫复命，明宗龙颜大悦。次日，早朝已毕，明宗即差冯丞相亲诣礼贤馆，请陈抟入朝见驾。只等来时，加官授爵。

冯丞相领了圣旨，上马前去。你道请得来，请不来？正是：

> 神龙不贪香饵，彩凤不入雕笼。

冯丞相到礼贤宾馆看时，只见三个美女，闭在一间空室之中，已不见了陈抟。问那美女道："陈先生那里去了？"美女答道："陈先生自饮了御酒，便向蒲团睡去。妾等候至五更方醒。他说：'劳你们辛苦一夜，无物相赠。'乃题诗一首，教妾收留，回复天子。遂闭妾等于此室，飘然出门而去，不知何往。"冯丞相引着三个美人，回朝见驾。明宗取诗看之，诗曰：

> 雪为肌体玉为腮，多谢君王送得来。

> 处士不兴巫峡梦，空烦神女下阳台。

明宗读罢书，叹息不已。差人四下寻访陈抟踪迹，直到隐山旧居，并无影响。不在话下。

却说陈抟这一去，直走到均州武当山。原来这山初名太岳，又唤做太和山；有二十七峰、三十六岩、二十四涧，是真武修道、白日升天之处。后人谓："此山非真武，不足以当之。"更名武当山。陈抟至武当山，隐于九石岩。

忽一日，有五个白须老叟来问《周易》八卦之义。陈抟与之剖晰微理，因见其颜如红玉，亦问以导养之方。五老告之以蛰法。怎唤做蛰法？凡寒冬时令，天气伏藏，龟蛇之类，皆蛰而不食。当初，有一人因床脚损坏，偶取一龟支之；后十年移床，其龟尚活，此乃服气所致。陈抟得此蛰法，遂能辟谷。或一睡数月不起。若没有这蛰法，睡梦中腹中饥饿，肠鸣起来，也要醒了。

陈抟在武当山住了二十余年，寿已七十余岁。忽一日，五老又来对陈抟说道："吾等五人，乃日月池中五龙也。此地非先生所栖，吾等受先生讲诲之益，当送先生到一个好所在去。"令陈抟："闭目休开！"五老翼之而行。觉两足腾空，耳边惟闻风雨之声。顷刻间，脚跟着地，开眼看时，不见了五老，但见空中五条龙夭矫而逝。陈抟看那去处，乃西岳太华山石上，已不知来了多少路，此乃神龙变化之妙。

陈抟遂留居于此。太华山道士，见其所居没有锅灶，心中甚异，悄地察之。更无他事，惟鼾睡而已。一日，陈抟下九石岩，数月不归。道士疑他往别处去了。后于柴房中，忽见一物，近前看之，乃先生也。正不知几时睡在那里的！搬柴的堆积在上，直待烧柴将尽，方才看见。又一日，有个樵夫在山下割草，见山凹里一个尸骸，尘埃起寸。樵夫心中怜悯，欲取而埋之。提起来看时，却认得是陈抟先生。樵夫道："好个陈抟先生，不知如何死在这里？"只见先生把腰一伸，睁开双眼，说道："正睡得快活，何人搅醒我来？"樵夫大笑。

华阴令王睦，亲到华山求见先生。至九石岩，见光光一片石头，绝无半间茅舍。乃问道："先生寝止在于何所？"陈抟大笑，吟诗一首答之，诗曰：

蓬山高处是吾宫，出即凌风跨晓风。

台榭不将金锁闭，来时自有白云封。

王睦要与他伐木建庵，先生固辞不要。此周世宗显德年间事也。这四句诗直达帝听，世宗知其高士，召而见之，问以国祚长短。陈抟说出四句，道是："好块木头，茂盛无赛。若要长久，添重宝盖。"世宗皇帝本姓柴，名荣，木头茂盛，正合姓名。又有"长久"二字，只道是佳兆，却不知赵太祖代周为帝，国号宋，"木"字添盖乃是"宋"字。宋朝享国长久，先生已预知矣。

且说世宗要加陈抟以极品之爵，陈抟不愿，坚请还山。世宗采其"来时自有白云封"之句，赐号"白云先生"。后因陈桥兵变，赵太祖披了黄袍，即了帝位。先生适乘驴到华阴县，闻知此事，在驴背上拍掌大笑。有人问道："先生笑什么？"先生道："你们众百姓造化，造化！天下是今日定了。"

原来后唐末年间，契丹兵起，百姓纷纷避乱。先生在路上闲步，看见一妇人，挑着一个竹篮而走，篮内两头坐两个孩子。先生口吟二句，道是："莫言皇帝少，皇帝上担挑。"你道那两个孩子是谁？那大的便是宋太祖赵匡胤，那小的便是宋太宗赵匡义，这妇人便是杜太后。先生二十五六年前，便识透宋朝的真命天子了。

又一日，先生游长安市上，遇赵匡胤兄弟和赵普，共是三人，在酒肆饮酒。先生亦入肆沽饮，看见赵普坐于二赵之右，先生将赵普推下去道："你不过是紫微垣边一个小小星儿，如何敢占在上位？"赵匡胤奇其言。有认得的，指道："这是白云先生陈抟。"匡胤就问前程之事。陈抟道："你弟兄两个的星，比他大得多哩！"匡胤自此自负。后来定了天下，屡次差官迎取陈抟入朝，陈抟不肯。后来赵太祖手诏促之，陈抟向使者说道：“创业之君，必须尊崇体貌，以示天下。我等以山野废人，入见天子，若下拜，则违吾性；若不下拜，则亵其体。是以不敢奉诏。”乃于诏书之尾，写四句附奏，云：“九重天诏，休教丹凤衔来；一片野心，已被白云留住。”使者复命，太祖笑而置之。

后太祖晏驾，太宗皇帝即位，念酒肆中之旧，召与相见，说过待以不臣之礼。又赐御诗云：

> 曾向前朝号“白云”，后来消息杳无闻。

> 如今若肯随征召，总把三峰乞与君。

先生见诗，乃服华阳巾、布袍、草履，来到东京。见太宗于便殿，只是长揖道：“山野废人，与世隔绝，不习跪拜，望陛下优容之。”太宗赐坐，问以修养之道。陈抟对道：“天子以天下为一身，假令白日升天，竟何益于百姓？今君明臣良，兴化勤政，功德被乎八荒，荣名流于万世。修炼之道，无出于此。”太宗点头称善，愈加敬重。问道：“先生心中，有何所欲？可为朕言之。”陈抟答道：“臣无所欲，只愿求一静室。”乃赐居于建隆道观。

　　其时太宗正用兵征伐河东，遣人问先生胜负消息。先生在使者掌中，写一"休"字，太宗见之不乐。因军马已发，不曾停止。再遣人问先生时，但见他闭目而睡，鼾齁之声，直达户外。明日去看，仍复如此。一连睡了三个月，不曾起身。河东军将，果然无功而返。太宗正当嗟叹，忽见陈抟道冠野服，逍遥而来，直上金銮宝殿。太宗见其不召自来，甚以为异。陈抟道："老夫今日还山，特来辞驾。"太宗闻言，如有所失，欲加抟以帝师之号，筑宫奉事，时时请教。陈抟固辞求去，呈诗一首。诗云：

　　　　草泽吾皇诏，图南抟姓陈。

　　　　三峰千载客，四海一闲人。

　　　　世态从来薄，诗情自得真。

　　　　乞全獐鹿性，何处不称臣？

　　又道："二十年之后，老夫再来候见圣颜。"太宗知不可留，特赐御宴于都堂，使宰相、两禁官员俱侍坐，每人制送行诗一首，以宠其归。又将太华全山，御笔判与陈抟为修真之所，他人不得侵渔。赐号为"白云洞主希夷先生"，听其还山。此太平兴国元年事也。

　　到端拱五年，太宗皇帝管二十年的乾坤，尚不曾立得太子。长子楚王元佐，因九月九日，不曾预得御宴，纵火烧宫。太宗大怒，废为庶人。心爱第三子襄王元侃，未知他福分如何，口中不言，心下思想："惟有希夷先生陈抟，最善相人。当初在酒肆中，就相定我兄弟二人，当为皇帝，赵普为宰相。如今得他一来，决断其事便好。"转念犹未了，内侍报道："有太华山处士陈抟，叩宫门求见。"太宗大惊，即时宣进，问道："先生此来何意？"陈抟答道："老夫知陛下胸中有疑，特来决之。"太宗大笑道："朕固疑先生有前知之术，今果然也。朕东宫未定，有襄王元侃，宽仁慈爱，有帝王之度，但不知福分如何。烦先生到襄府一看。"陈抟领命，才到襄府门首便回。太宗问道："朕烦先生到襄府看襄王之相，如何不去而回？"陈抟道："老夫已看过了。襄府门前，奉役奔走之人，都有将相之福，何必见襄王哉？"太宗之意遂决。即日宣诏，立襄王为太子，后来真宗皇帝就是。陈抟在京师，又住了一月。忽然辞去，仍归九石岩。

其时，有门人穆伯长、种放等百余人，皆筑室于华山之下，朝夕听讲。惟有五龙蛰法，先生未尝授人。忽一日，遣门人辈于张超谷口，高岩之上，凿一石室。门人不敢违命。室既凿成，先生同门人往观之。其岩最高，望下云烟如翠。先生指道："此毛女所谓'相将入翠烟'也，吾其归于此乎？"言未毕，屈膝而坐，挥门人使去。右手支颐，闭目而逝。年一百一十八岁。门人环守其尸，至七日，容色如生，肢体温软，异香扑鼻。乃制为石匣盛之，仍用石盖；束以铁锁数丈，置于石室。门人方去，其岩自崩，遂成陡绝之势。有五色云，封住谷口，弥月不散。后人因名其处为希夷峡。

到徽宗宣和年间，有闽中道士徐知常，来游华山。见峡上有铁锁垂下，知常攀缘而上，至于石室。见匣盖欹侧，启而观之，惟有仙骨一具，其色红润，香气逼人。知常再拜毕，为整其盖，复攀缘而下。其时徐知常得幸于徽宗，官拜左街道录。将此事奏知天子，天子差知常赍御香一注，重到希夷峡，要取仙骨供养在大内。来到峡边，已不见有铁锁，但见云雾重重，危岩壁立，叹息而返。至今希夷先生蜕骨在张超谷，无复有人见之者矣！有诗为证：

从来处士窃名浮，谁似希夷闲到头？

两隐名山供笑傲，四辞朝命肯淹留。

五龙蛰法前人少，八卦神机后学求。

片片白云迷峡锁，石床高卧足千秋。

第十二卷　史弘肇龙虎君臣会

倦压鳌头请左符，笑寻颛尾为西湖。

二三贤守去非远，六一清风今不孤。

四海共知霜鬓满，重阳曾插菊花无？

聚星堂上谁先到？欲旁金尊倒玉壶。

这一首诗，乃宋朝士大夫刘季孙《寄苏子瞻自翰苑出守杭州》诗。元来东坡先生苏学士凡两次到杭州：先一次，神宗皇帝熙宁二年，通判杭州；第二次，元祐年中，知杭州军州事。所以临安府多有东坡古迹诗句。后来南渡过江，文章之士极多。惟有洪内翰才名，可继东坡之作。洪内翰曾编了《夷坚》三十二志，有一代之史才。在孝宗朝，圣眷甚隆。因在禁林，乞守外郡；累次上章，圣上方允，得知越州绍兴府。是时，淳熙年上到任。时遇春天，有首回文诗，做得极好，乃诗人熊元素所作。诗云：

融融日暖乍晴天，骏马雕鞍绣辔联。

风细落花红衬地，雨微垂柳绿拖烟。

茸铺草色春江曲，雪剪花梢玉砌前。

同恨此时良会罕，空飞巧燕舞翩翩。

若倒转念时，又是一首好诗：

翩翩舞燕巧飞空，罕会良时此恨同。

前砌玉梢花剪雪，曲江春色草铺茸。

烟拖绿柳垂微雨，地衬红花落细风。

联辔绣鞍雕马骏，天晴乍暖日融融。

这洪内翰遂安排筵席于镇越堂上，请众官宴会。那四司六局祗应供过的人都在堂下，甚次第。当日果献时新，食烹异味。酒至三杯，众妓中有一妓，姓王，名英。这王英以纤纤春笋柔荑，捧着一管缠金丝龙笛，当筵品弄一曲。吹得清音嘹亮，美韵悠扬，众官听之大喜。这洪内翰令左右取文房四宝来，诸妓女供侍于面前，对众官乘兴，一时文不加点，扫一只词，唤做《虞美人》。词云：

忽闻碧玉楼头笛，声透晴空碧。宫商角羽任西东，映我奇观惊起碧潭龙。数声呜咽青霄去，不舍《梁州序》。穿去裂石响无踪，惊动梅花初谢玉玲珑。

洪内翰珠玑满腹，锦绣盈肠，一只曲儿，有甚难处？做了呈众官，众官看罢，皆喜道："语意清新，果是佳作。"

方才夸羡不已，只见一个官员，在众中呵呵大笑，言曰："学士作此龙笛词，虽然奇妙，此词八句，偷了古人作的杂诗、词中各一句也。"洪内翰看那官人，乃孔通判讳德明。洪内翰大惊道："孔丈既知如此，可望见教否？"孔通判乃就筵上，从头一一解之。

第一句道："忽闻碧玉楼头笛。"偷了张紫微作《道隐》诗中第四句。诗道：

试问清轩可煞青，霜天孤月照蓬瀛。

广寒宫里琴三弄，碧玉楼头笛一声。

金井辘轳秋水冷，石床茅舍暮云清。

夜来忽作瑶池梦，十二阑干独步行。

第二句道："声透晴空碧。"偷了骆解元作《王娇姿唱词》中第三句。诗道：

谢氏筵中闻雅唱，何人隔幕在帘帷？

一声点破晴空碧，遏住行云不敢飞。

第三句道："宫商角羽任西东。"偷了曹仙姑作《风响》诗中第二句。诗道：

碾玉悬丝挂碧空，宫商角羽任西东。

依稀似曲才堪听，又被风吹别调中。

第四句道："映我奇观惊起碧潭龙。"偷了东坡作《橹》诗中第三、第四句。诗道：

伊轧江心激箭冲，天涯无际去无踪。

遥遥映我奇观处，料应惊起碧潭龙。

过处第五句道："数声呜咽青霄去。"偷了朱淑真作《雁》诗中第四句。诗道：

伤怀遗我肠千缕，征雁南来无定据。

嘹嘹呖呖自孤飞，数声呜咽青霄去。

第六句道："不舍《梁州序》。"偷了秦少游作《歌舞》诗中第四句。诗道：

纤腰如舞态，歌韵如莺语。

似锦罩厅前，不舍《梁州序》。

第七句道："穿云裂石响无踪。"偷了刘两府作《水底火炮》诗中第三句。诗道：

一激轰然如霹雳，万波鼓动鱼龙息。

穿云裂石响无踪，却虏驱邪归正直。

临了第八句道："惊动梅花初谢玉玲珑。"偷了士人刘改之来谒见婺州陈侍郎作《元宵望江南》词中第四句。词道：

> 元宵景，天气正融融。柳线正垂金落索，梅花初谢玉玲珑。明月映高空。　　贤太守，欢乐与民同。箫鼓聒残灯火市，轮蹄踏破广寒宫。良夜莫匆匆。

孔通判从头解说罢，洪内翰大喜。众官称叹道："奇哉！奇哉！"洪内翰教左右别办一劝。劝罢，与孔通判道："适间门下解说得甚妙，甚妙！欲求公作《龙笛》词一首，永为珍赐。"孔通判相谢罢，遂作一词，唤做《水调歌头》。词云：

> 玉人擅皓腕，纤手映朱唇。龙吟越调孤喷，清浊最堪听。欲度宁王一曲，莫学桓伊三弄，听答兀中丁。忆昔知音客，鉴别在柯亭。

> 至更深，宜月朗，称疏星。天高气爽，霜重水绿与山青。幸遇良宵佳景，轰起一声薪州，耳畔觉泠泠。裂石穿云去，万鬼尽潜形。

兀的正是：

高才得见高才客，不枉留传纪好音。

说话的，你因甚的头回说这"八难龙笛词"？自家今日不说别的，说两个客人，将一对龙笛薪材，来东峰东岱岳烧献。只因烧这薪材，却教郑州奉宁军一个上厅行首，有分做两国夫人，嫁一个好汉，后来为当朝四镇令公，名标青史。直到如今，做几回花锦似话说。这未发迹的好汉，却姓甚名谁？怎地发迹变泰？直教：

纵横宇宙三千里，威镇华夷四百州。

有一诗，单道五代兴亡。诗云：

自从唐季坠朝纲，天下生灵被扰攘。

社稷安危悬卒伍，朝廷轻重系藩方。

深冬寒木固不脱，未旦小星犹有光。

五十三年更五姓，始知迅扫待真王。

却说是五代唐朝里，有两个客人：王一太、王二太，乃兄弟两人。获得一对蕲州出的龙笛材，不曾开成笛。天生奇异，根似龙头之状，世所无者。特地将来兖州奉符县东峰东岱岳殿下火池内烧献。烧罢，圣帝赐与炳灵公。炳灵公遂令康、张二圣前去郑州奉宁军，唤开笛阎招亮来。康、张二圣领命，即时到郑州，变做两个凡人，径来见阎招亮。这阎招亮正在门前开笛，只见两个人来相揖。作揖罢，道："一个官员，有两管龙笛蕲材，欲请待诏便去开则个。这官员急性，开毕重重酬谢，便等同去。"阎招亮即时收拾了作仗，厮赶二人来。顷刻间，到一个所在。阎招亮抬头看时，只见牌上写道："东峰东岱岳。"但见：

> 群山之祖，五岳为尊。上有三十八盘，中有七十二司。水帘映日，天柱插空。九间大殿，瑞光罩碧瓦凝烟；四面高峰，偃仰见金龙吐雾。竹林寺有影无形，看日山藏真隐圣。

阎招亮理会不下。康、张二圣相引去，参拜了炳灵公。将至一阁子内，已安蕲材在桌上，教阎招亮就此开笛。分付道："此乃阴间，汝不可远去。倘行远失路，难以回归。"分付毕，二圣自去。

招亮片时开成龙笛。吹其声，清幽可爱。等半晌，不见康、张二圣来。招亮默思量起："既到此间，不去看些所在，也须可惜。"遂出阁子来。行不甚远，见一座殿宇，招亮走至廊下，听得静鞭声急，遂去窗缝里偷眼看时，只见：

> 虾须帘卷，雉尾扇开。冕旒升殿，一人端拱坐中间；簪笏随朝，众圣趋跄分左右。金钟响动，玉

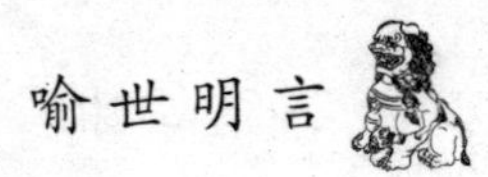

磬声频。悠扬天乐五云间，引领百神朝圣帝。

圣帝降辇升殿，众神起居毕。传圣旨："押过公事来。"只见一个汉，项戴长枷，臂连双杻，推将来。阎招亮肚里道："这个汉，好面熟！"一时间，急省不起他是兀谁。再传旨，令押去换铜胆铁心；却令回阳世，为四镇令公，告戒："切勿妄杀人命。"招亮听得，大惊。忽然一鬼吏喝道："凡夫怎得在此偷看公事？"当时，阎招亮听得鬼吏叫，急慌走回，来开笛处阁子里坐地。良久之间，康、张二圣，来那阁子里来。见开笛了，同招亮将龙笛来呈。吹其笛，声清韵长。炳灵公大喜道："教汝福上加福，寿上加寿。"招亮告曰："不愿加其福寿。招亮有一亲妹阎越英，见为娼妓。但求越英脱离风尘，早得从良，实所愿也。"炳灵公道："汝有此心，乃凡夫中贤人也，当令汝妹嫁一四镇令公。"招亮拜谢毕，康、张二圣送归。行至山半路高险之处，指招亮看一去处。正看里，被康、张二圣用手打一推，撅将下峭壁岩崖里去。阎待诏吃一惊，猛闪开眼，却在屋里床上，浑家和儿女都在身边。问那浑家道："做甚的你们都守着我眼泪出？"浑家道："你前日在门前正做生活里，蓦然倒地，便死去。摸你心头时，有些温，扛你在床上两日。你去下世做甚的来？"招亮从康、张二圣来叫他去许多事，一一都说。屋里人见说，尽皆骇然。自后过了几时，没话说。

时遇冬间，雪降长空，石信道有一首《雪》诗，道得好：

六出飞花夜不收，朝来佳景有宸州。

重重玉宇三千界，一一琼台十二楼。

庾岭寒梅何处放？章台飞絮几时休？

还思碧海银蟾畔，谁驾丹山碧凤游？

其雪转大。阎待诏见雪下，当日手冷，不做生活，在门前闲坐地。只见街上一个大汉过去。阎待诏见了，大惊道："这个人，便是在东岳换铜胆铁心未发迹的四镇令公，却打门前过去，今日不结识，更待何时？"不顾大雪，撩衣大步赶将来。不多几步，赶上这大汉。进一步，叫道："官人拜揖。"那大汉却认得阎招亮，是开笛的，还个喏，道："待诏没甚事？"阎待诏道："今日雪下，天色寒冷。见你过去，特赶来相请，同饮数杯。"便拉入一个酒店里去。这个大汉，姓史，双名弘肇，表字化元，小字憨儿。开道营长行军兵。按《五代史》本传上载道："郑州荥泽人也。为人踦勇，走及奔马。"酒罢，各自归家。

明日，阎待诏到妹子阎越英家，说道："我昨日见一个人来，今日特地来和你说。我多时曾死去两日，东岳开龙笛。见这个人换了铜胆铁心，当为四镇令公，道令你嫁这四镇令公。我日多时，只省不起这个人。昨日忽然见他，我请他吃酒来。"阎越英问道："是兀谁？"阎招亮接口道："是那开道营有情的史大汉。"阎越英听得说是他，好场恶气！"我元来合当嫁这般人？我不信！"

自后阎待诏见史弘肇，须买酒请他。史大汉数次吃阎待诏酒食。一日，路上相撞见，史弘肇遂请阎招亮去酒店里，也吃了几多酒共食。阎待诏要还钱，史弘肇那里肯："相扰待诏多番，今日特地还席。"阎招亮相别了，先出酒店自去。史弘肇看着量酒道："我不曾带钱来，你厮赶我去营里讨还你。"量酒只得随他去。到营门前，遂分付道："我今日没一文，你且去。我明日自送来，还你主人。"量酒厮殢道："归去吃骂，主人定是不肯。"史大汉道："主人不肯后要如何？你会事时，便去；你若不去，教你吃顿恶拳。"量酒没奈何，只得且回。

这史弘肇却走去营门前卖糕糜王公处，说道："大伯，我欠了店上酒钱，没得还。你今夜留门，我来偷你锅子。"王公只当做耍话，归去和那大姆子说："世界上不曾见这般好笑，史憨儿今夜要来偷我锅子，先来说，教我留门。"大姆子见说，也笑。当夜二更三点前后，史弘肇真个来推大门。力气大，推折了门闩。走入来，两口老的听得。大姆子道："且看他怎地？"史弘肇大惊小怪，走出灶前，掇那锅子在地上，道："若还破后，难折还他酒钱。"拿条棒敲得当当响。掇将起来，翻转覆在头上。不知那锅底里有些水，浇了一头一脸，和身上都湿了。史弘肇那里顾得干湿，戴着锅儿便走。王公大叫："有贼！"披了衣服赶将来。地方听得，也赶将来。史弘肇吃赶得慌，撇下了锅子，走入一条巷去躲避。谁知筑底巷，却走了死路。鬼慌盘上去人家萧墙，吃一滑，颠将下去。地方也赶入巷来，见颠将下去，地方叫道："阎妈妈，你后门有贼，跳入萧墙来。"阎行首听得，教奶子点蜡烛去来看时，却不见那贼，只见一个雪白异兽：

> 光闪烁浑疑素练，貌狰狞恍似堆银。遍身毛抖擞九秋霜，一条尾摇动三尺雪。流星眼争闪电，巨海口露血盆。

阎行首见了，吃一惊。定睛再看时，却是史大汉弯跧蹲在东司边。见了阎行首，失张失志，走起来唱个喏。这阎行首先时见他异相，又曾听得哥哥阎招亮说道他有分发迹，又道我合当嫁他，当时不叫地方捉将去，倒教他入里面藏躲。地方等了一饷，不听得阎行首家里动静。想是不在了，各散去讫。阎行首开了前门，放史弘肇出去。

当夜过了。明日饭后，阎行首教人去请哥哥阎待诏来。阎行首道："哥哥，你前番说史大汉有分发迹，做四镇令公；道我合当嫁他，我当时不信你说。昨夜后门叫有贼，跳入萧墙来。我和奶子点蜡烛去照，只见一只白大虫蹲在地上。我定睛再看时，却是史大汉。我看见他这异相，必竟是个发迹的人。我如今情愿嫁他。哥哥，你怎地做个道理，与我说则个？"阎招亮道："不妨，我只就今日，便要说成这头亲。"阎待诏知道史弘肇是个发迹变泰底人，又见妹子又嫁他，肚里好欢喜，一径来营里寻他。史弘肇昨夜不合去偷王公锅子，日里先少了酒钱，不敢出门；阎待诏寻个恰好，遂请他出来，和他说道："有头好亲，我特来与你说。"史弘肇道："说甚么亲？"阎待诏道："不是别人，是我妹子阎行首。他随身有若干房财，你意下如何？"史弘肇道："好便好，只有三件事，未敢成这头亲。"阎招亮道："有那三件事？但说不妨。"史弘肇道："第一，他家财由吾使；第二，我入门后，不许再着人客；第三，我有一个结拜的哥哥，并南来北往的好汉，若来寻我，由我留他饮食宿卧。如依得这三件事，可以成亲。"阎招亮道："既是我妹子嫁你了，是事都由你。"当日说成这头亲。回复了妹子，两相情愿了。料没甚下财纳礼，拣个吉日良时，到做一身新衣服，与史弘肇穿着了，招他归来成亲。

约过了两个月，忽上司指挥差往孝义店，转递军期文字。史弘肇到那孝义店，过未得一个月，自押铺已下，皆被他无礼过。只是他身边有这钱肯使，舍得买酒请人，因此人都让他。

忽一日，史弘肇去铺屋里睡。押铺道："我没兴添这厮来蒿恼人。"正埋冤哩，只见一个人面东背西而来，向前与押铺唱个喏，问道："有个史弘肇可在这里？"押铺指着道："见在那里睡。"只因这个人来寻他，有分教史弘肇发迹变泰。这来底人姓甚名谁？正是：

两脚无凭寰海内，故人何处不相逢。

这个来寻史弘肇的人，姓郭，名威，表字仲文，邢州尧山县人。排行第一，唤做郭大郎。怎生模样？

抬左脚，龙盘浅水；抬右脚，凤舞丹墀。红光罩顶，紫雾遮身。尧眉舜目，禹背汤肩。除非天子可安排，以下诸侯压不得。

这郭大郎因在东京不如意，曾扑了潘八娘子钗子；潘八娘子看见他异相，认做兄弟，不教解去官司，倒养在家中，自好了。因去瓦里看，杀了构栏里的弟子，连夜逃走。走到郑州，来投奔他结拜兄弟史弘肇。到那开道营前，问人时，教来孝义店相寻。当日，史弘肇正在铺屋下睡着，押铺遂叫觉他来道："有人寻你，等多时。"史弘肇焦躁，走将起来，问："兀谁来寻我？"郭大郎便向前道："吾弟久别，且喜安乐。"史弘肇认得是他结拜的哥哥，扑翻身便拜。拜毕，相问动静了。史弘肇道："哥哥，你莫向别处去，只在我这铺屋下，权且宿卧。要钱盘缠，我家里自讨来使。"众人不敢道他甚的，由他留这郭大郎在铺屋里宿卧。郭大郎那里住得几日，涠史弘肇无礼上下。兄弟两人在孝义店上，日逐趁赌，偷鸡盗狗，一味干颡不美，蒿恼得一村疃人过活不得。没一个人不嫌，没一个人不骂。

话分两头。却说后唐明宗归天，闵帝登位。应有内人，尽令出外嫁人。数中有掌印柴夫人，理会得些个风云气候，看见旺气在郑州界上，遂将带房奁，望旺气而来。来到孝义店王婆家安歇了，要寻个贵人。柴夫人住了几日，看街上往来之人，皆不入眼。看着王婆道："街上如何直恁地冷静？"王婆道："覆夫人，要热闹容易。夫人放买市，这经纪人都来赶趁，街上便热闹。"夫人道："婆婆也说得是。"便教王婆四下说教人知："来日柴夫人买市。"

郭大郎兄弟两人听得说，商量道："我们何自撰几钱买酒吃？明朝卖甚的好？"史弘肇道："只是卖狗肉。问人借个盘子和架子、砧刀，那里去偷只狗子，把来打杀了，煮熟去卖，却不须去上行。"郭大郎道："只是坊佐人家，没这狗子；寻常被我们偷去煮吃尽了，近来都不养狗了。"史弘肇道："村东王保正家有只好大狗子，我们便去对付休。"两个径来王保正门首。一个引那狗子，一个把条棒，等他出来，要一棒捍杀打将去。王保正看见了，便把三百钱出来道："且饶我这狗子，二位自去买碗酒吃。"史弘肇道："王保正，你好不近道理！偌大一只狗子，怎地只把三百钱出来？须亏我。"郭大郎道："看老人家面上，胡乱拿去罢。"两个连夜又去别处偷得一只狗子，剥干净了，煮得稀烂。

明日，史弘肇顶着盘子，郭大郎驼着架子，走来柴夫人幕次前，叫声：“卖肉。”放下架子，阁那盘子在上。夫人在帘子里看见郭大郎，肚里道：“何处不觅？甚处不寻？这贵人却在这里。”使人从把出盘子来，教簇一盘。郭大郎接了盘子，切那狗肉。王婆正在夫人身边，道：“覆夫人，这个是狗肉，贵人如何吃得？”夫人道：“买市为名，不成要吃？”教管钱的支一两银子与他。郭大郎兄弟二人接了银子，唱喏谢了自去。

少间，买市罢。柴夫人看着王婆道：“问婆婆，央你一件事。”王婆道：“甚的事？”夫人道：“先时卖狗肉的两个汉子，姓甚的？在那里住？”王婆：“这两个最不近道理。切肉的姓郭，顶盘子姓史，都在孝义坊铺屋下睡卧。不知夫人问他两个，做甚么？”夫人说：“奴要嫁这一个切肉姓郭的人，就央婆婆做媒，说这头亲则个。”王婆道：“夫人偌大个贵人，怕没好亲得说，如何要嫁这般人？”夫人道：“婆婆莫管，自看见他是个发迹变泰的贵人，婆婆便去说则个。”王婆既见夫人恁地说，即时便来孝义店铺屋里，寻郭大郎，寻不见。押铺道：“在对门酒店里吃酒。”王婆径过来酒店门口，揭那青布帘，入来见了他弟兄两个，道：“大郎，你却吃得酒下！有场天来大喜事，来投奔你，划地坐得牢里！"郭大郎道："你那婆子，你见我撰得些个银子，你便来要讨钱。我钱却没与你，要便请你吃碗酒。"王婆便道："老媳妇不来讨酒吃。"郭大郎道："你不来讨酒吃，要我一文钱也没。你会事时，吃碗了去。"史弘肇道："你那婆子，忒不近道理！你知我们性也不好，好意请你吃碗酒，你却不吃。一似你先时破我的肉是狗肉，几乎教我不撰一文；早是夫人教买了。你好羞人，兀自有那面颜来讨钱！你信道我和酒也没，索性请你吃一顿拳踢去了。"王婆道："老媳妇不是来讨酒和钱。适来夫人问了大郎，直是欢喜，要嫁大郎，教老媳妇来说。"郭大郎听得说，心中大怒，用手打王婆一个漏掌风。王婆倒在地上道："苦也！我好意来说亲，你却打我！"郭大郎道："兀谁调发你来厮取笑！且饶你这婆子，你好好地便去，不打你。他偌大个贵人，却来嫁我？"王婆鬼慌，走起来，离了酒店，一径来见柴夫人。夫人道："婆婆说亲不易。"王婆道："教夫人知，因去说亲，吃他打来。道老媳妇去取笑他。"夫人道："带累婆婆吃亏了。没奈何，再去走一遭。先与婆婆一只金钗子，事成了，重重谢你。"王婆道："老媳妇不敢去。再去时，吃他打杀了，也没人劝。"

夫人道："我理会得。你空手去说亲，只道你去取笑他；我教你把这件物事将去为定，他不道得不肯。"王婆问道："却是把甚么物事去？"夫人取出来，教那王婆看了一看，唬杀那王婆。这件物，却是甚的物？

> 君不见张负有女妻陈平，家居陋巷席为门。门外多逢长者辙，丰姿不是寻常人。又不见单父吕公善择婿，一事樊侯一刘季。风云际会十年间，樊作诸侯刘作帝。从此英名传万古，自然光采生门户。君看如今嫁女家，只择高楼与豪富。

夫人取出定物来，教王婆看，乃是一条二十五两金带。教王婆把去，定这郭大郎。王婆虽然适间吃了郭大郎的亏，凡事只是利动人心，得了夫人金钗子，又有金带为定，便忍脚不住。即时提了金带，再来酒店里来。

王婆路上思量道："我先时不合空手去，吃他打来。如今须有这条金带，他不成又打我？"来到酒店门前，揭起青布帘，他兄弟两个，兀自吃酒未了。走向前，看着郭大郎道："夫人教传语，恐怕大郎不信，先教老媳妇把这条二十五两金带来定大郎，却问大郎讨回定。"郭大郎肚里道："我又没一文，你自要来说。是与不是，我且落得拿了这条金带，却又理会。"当时叫王婆且坐地，叫酒保添只盏来，一道吃酒。吃了三盏酒，郭大郎觑着王婆道："我那里来讨物事做回定？"王婆道："大郎身边胡乱有甚物，老媳妇将去，与夫人做回定。"郭大郎取下头巾，除下一条麋糟臭油边子来，教王婆把去做回定。王婆接了边子，忍笑不住，道："你的好省事！"王婆转身回来，把这边子递与夫人。夫人也笑了一笑，收过了。

自当日定亲以后，免不得拣个吉日良时，就王婆家成这亲。遂请叔叔史弘肇，又教人去郑州请婶婶阎行首来相见了。柴夫人就孝义店嫁了郭大郎，却卷帐回到家中，住了几时。夫人忽一日看着丈夫郭大郎道："我夫若只在此相守，何时会得发迹？不若写一书，教我夫往西京河南府，去见我母舅符令公，可求立身进步之计，若何？"郭大郎道："深感吾妻之意。"遂依其言。柴夫人修了书，安排行装，择日教这贵人上路。

> 行时红光罩体，坐后紫雾随身。朝登紫陌，一条捍棒作朋俦；暮宿邮亭，壁上孤灯为伴侣。他时变豹贵非常，今日权为途路客。

这贵人，路上离不得饥餐渴饮，夜住晓行。不则一日，到西京河南府，讨了个下处。这郭大郎当初来西京，指望投奔符令公，发迹变泰。怎知道却惹一场横祸，变得人命交加。正是：

> 未酬奋翼冲霄志，翻作连天大地囚。

郭大郎到西京河南府看时，但见：

> 州名豫郡，府号河南。人烟聚百万之多，形势尽一时之胜。城池广阔，六街内士女骈阗；井邑繁华，九陌上轮蹄来往。风传丝竹，谁家别院奏清音？香散绮罗，到处名门开丽景。东连巩县，西接渑池，南通洛口之饶，北控黄河之险。金城缭绕，依稀似偃月之形；雉堞巍峨，仿佛有参天之状。虎符龙节王侯镇，朱户红楼将相家。休言昔日皇都，端的今时胜地。正是：春如红锦堆中过，夏若青罗帐里行。

郭大郎在安歇处过了一夜，明早，却待来将这书去见符令公。猛自思量道："大丈夫倚着一身本事，当自立功名；岂可用妇人女子之书，以图进身乎？"依旧收了书，空手径来衙门前招人牌下，等着部署李霸遇，来投见他。李霸遇问道："你曾带得来么？"贵人道："带得来。"李部署问："是甚的？"郭大郎言："是十八般武艺。"李霸遇所说，本是见面钱。见说十八般武艺，不是头了，口里答应道："候令公出厅，教你参谒。"比及令公出厅，却不教他进去。

自从当日起，日逐去俟候，耽搁了两个来月，不曾得见令公。店都知见贵人许多日不曾见得符令公，多口道："官人，你枉了日逐去俟候。李部署要钱，官人若不把与他，如何得见符令公？"贵人听得说，怒从心上起，恶向胆边生："元来这贼，却是如此！"

当日不去衙前俟候，闷闷不已，在客店前闲坐。只见一个扑鱼的在门前叫扑鱼，郭大郎遂叫住扑。只一扑，扑过了鱼。扑鱼的告那贵人道："昨夜迫划得几文钱，买这鱼来扑，指望赢几个钱去养老娘。今日出来，不曾扑得一文；被官人一扑扑过了，如今没这钱归去养老娘。官人可以借这鱼去前面扑，赢得几个钱时，便把来还官人。"贵人见他说得孝顺，便借与他鱼去扑。分付他道："如有人扑过，却来说与我知。"扑鱼的借得那鱼去扑，行到酒店门前，只见一个人叫："扑鱼的在那里？"因是这个人在酒店里叫扑鱼，有分郭大郎拳手相交，就酒店门前变做一个小小战场。

这叫扑鱼的是甚么人？

从前积恶欺天，今日上苍报应。

　　酒店里叫住扑鱼的，是西京河南府部署李霸遇。在酒店里吃酒，见扑鱼的，遂叫入酒店里去扑。扑不过，输了几文钱，径硬拿了鱼。扑鱼的不敢和他争，走回来说向郭大郎道："前面酒店里，被人拿了鱼，却赢得他几文钱，男女纳钱还官人。"贵人听得说，道："是甚么人？好不谙事！既扑不过，如何拿了鱼？鱼是我的，我自去问他讨。"这贵人不去讨，万事俱休。到酒店里看那人时，仇人厮见，分外眼睁。不是别人，却是部署李霸遇。贵人一分焦躁变做十分焦躁，在酒店门前，看着李霸遇道："你如何拿了我的鱼？"李霸遇道："我自问扑鱼的要这鱼，如何却是你的？"贵人拍着手道："我西京投事，你要我钱，耽搁我在这里两个来月，不教我见令公。你今日对我，有何理说？"李霸遇道："你明日来衙门，我周全你。"贵人大骂道："你这砍头贼，闭塞贤路，我不算你，我和你就这里比个大哥二哥！"郭大郎先脱膊，众人喊一声。原来贵人幼时曾遇一道士，那道士是个异人，替他右项上刺着几个雀儿，左项上刺几根稻谷，说道："若要富贵足，直待雀衔谷。"从此人都唤他是郭雀儿，到登极之日，雀与谷果然凑在一处。此是后话。这日郭大郎脱膊，露出花项，众人喝采。正是：

近觑四川十样锦，远观洛汭一团花。

李霸遇道："你真个要厮打？你只不要走！"贵人道："你莫胡言乱语，要厮打快来！"李霸遇脱膊，露出一身乾乾鞑鞑的横肉，众人也喊一声。好似：

生铁铸在火池边，怪石镌来坟墓畔。

二人拳手厮打，四下人都观看。一肘二拳，三翻四合，打到分际，众人齐喊一声，一个汉子在血泺里卧地。当下却是输了兀谁？

作恶欺天在世间，人人背后把眉攒。

只知自有安身术，岂畏灾来在目前？

郭大郎正打那李霸遇，直打到血流满地。听得前面头踏指约，喝道："令公来。"符令公在马上，见这贵人红光罩定，紫雾遮身，和李霸遇厮打。李霸遇那里奈何得这贵人？符令公教手下人："不要惊动，为我召来。"手下人得了钧旨，便来好好地道："两人且莫厮打，令公钧旨，教来府内相见。"二人同至厅下。符令公看这人时，生得：尧眉舜目，禹背汤肩。令公钧旨，便问郭大郎道："那里人氏？因甚行打李霸遇？"贵人复道："告令公，郭威是邢州尧山县人氏，远来贵府投事。李霸遇要郭威钱，不令郭威参见令公钧颜，耽搁在旅店两月有余。今日撞见，因此行打，有犯台颜。小人死罪，死罪！"符令公问道："你既然远来投奔，会甚本事？"郭大郎复道："郭威十八般武艺尽都通晓。"令公钧旨：教李霸遇与郭威就当厅使棒。李霸遇先时已被这贵人打了一顿，奈何不得这贵人。复令公道："李霸遇使棒不得。适间被郭威暗算，打损身上。"令公钧旨定要使棒。郭威看着李霸遇道："你道我暗算你？这里比个大哥二哥！"二人把棒在手，唱了喏，部者喝教二人放对。

> 山东大擂，河北夹枪。山东大擂，鳌鱼口内喷来；河北夹枪，昆仑山头泻出。三转身，两颠脚。旋风响，卧乌鸣。遮拦架隔，有如素练眼前飞；打斡支撑，不若耳边风雨过。

两人就在厅前使那棒，一上一下，一来一往，斗不得数合，令公符彦卿在厅上看见，喝采不迭。

> 羊祜病中推杜预，叔牙囚里荐夷吾。

> 堪嗟四海英雄辈，若个男儿识丈夫？

两人就厅下使棒。李霸遇那里奈何得这贵人？被郭大郎一棒打番。符令公大喜！即时收在帐前，遂差这贵人做大部署，倒在李霸遇之上。郭大郎拜谢了令公，在河南府当职役。过了几时，没话说。

忽一日，郭部署出衙门闲干事。行至市中，只见食店前一个官人，坐在店前大惊小怪，呼左右教打碎这食店。贵人一见，遂问过卖："这官人因甚的在此喧哄寻闹？"过卖扯着部署在背后去告诉道："这官人乃是地方中有名的尚衙内，半月前见主人有个女儿，十八岁，大有颜色。这官人见了一面，归去教人来传语道：'太夫人教请小娘子过来说话则个。若是你家缺少钱物，但请见谕。'主人道：'我家岂肯卖女儿？只割舍得死！'尚衙内见主人不肯，今日来此掀打。"贵人见说，怒从心上起，恶向胆边生。雄威动，凤眼圆睁；烈性发，龙眉倒竖。两条忿气，从脚底板贯到顶门。心头一把无明火，高三千丈，按捺不下。郭部署向前与尚衙内道："凡人要存仁义，暗室欺心，神目如电。尊官不可以女色而失正道。郭威言轻，请尊官上马若何？"衙内焦躁道："你是何人？"贵人道："姓郭，名威，乃是河南府符令公手下大部署。"衙内说："各无所辖。焉能管我？左右，为我殴打这厮！"贵人大怒道："我好意劝你，却教左右打我，你不识我性！"用左手揪住尚衙内，右手就身边拔出压衣刀在手，手起刀落，尚衙内性命如何？

　　欲除天下不平事，方显人间大丈夫。

郭部署路见不平，杀了尚衙内，一行人从都走。

贵人径来河南府内自首。符令公出厅，贵人复道："告令公，郭威杀了欺压良善之贼，特来请罪。"符令公问了起末，喝左右取长枷枷了，押下司理院问罪。怎见得司理院的利害？

> 古名"廷尉"，亦号"推官"。果然是事不通风，端的底令人丧胆。庞眉节级，执黄荆俨似牛头；努目押牢，持铁索浑如罗刹。枷分三等，取勘情重情轻；牢眼四方，分别当生当死。风声紧急，乌鸦鸣噪勘官厅；日影参差，绿柳遮笼萧相庙。转头逢五道，开眼见阎王。

当日，那承吏王琇承了这件公事。罪人入狱，教狱子绯在廊上，一面勘问。不多时，符令公钧旨，叫王琇来偏厅上。令公见王琇，遂分付几句，又把笔去那桌子面上写四字。王琇看时，乃是："宽容郭威。"王琇道："律有明条，领钧旨。"令公焦躁，遂转屏风入府堂去。王琇急慌唱了喏，闷闷不已，径回来司房，伏案而睡。见一条小赤蛇儿，戏于案上。王琇道："作怪！"遂赶这蛇。急赶急走，慢赶慢走；赶至东乙牢，这蛇入牢眼去，走上贵人枷上，入鼻内从七窍中穿过。王琇看这个贵人时，红光罩定，紫雾遮身。理会未下，就司房里，飒然睡觉。元来人困后，多是肚中不好了，有那与决不下的事；或是手头窘迫，忧愁思虑。故"困"字着个"贫"字，谓之"贫困""愁"字，谓之"愁困""忧"字，谓之"忧困"；不成"喜困""欢困"。王琇得了这一梦，肚里道："可知符令公教我宽容他，果然好人识好人。"王琇思量半晌，只是未有个由头出脱他。不知这贵人直有许多撺扑：自幼便没了亲爹，随母嫁潞州常家；后来因事离了河北，筑筑磕磕，受了万千不易，甫能得符令公周全，做大部署；又去闲管事，惹这场横祸。至夜，居民遗漏。王琇眉头一纵，计从心上来。只就当夜，教这贵人出牢狱。当时王琇思量出甚计来？正是：

> 袖中伸出拿云手，提起天罗地网人。

当夜黄昏后，忽居民遗漏。王琇急去禀令公，要就热乱里放了这贵人，只做因火狱中走了。令公大喜！元来令公日间已写下书，只要做道理放他，遂付书与王琇。王琇接了书，来狱中疏了贵人戴的枷；拿顶头巾，教贵人裹了；把符令公的书与贵人。分付道："令公教你去汴京见刘太尉，可便去，不宜迟。"贵人得放出，火尚未灭。趁那撩乱之际，急走去部署房里，收拾些钱

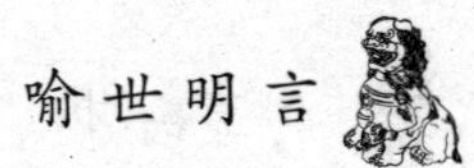

物，当夜迤逦奔那汴京开封府路上来。

不则一日，到开封府，讨了安歇处。明日早，径往殿司衙门俟候下书。等候良久，刘太尉朝殿而回。只见：

> 青凉伞招鞳如云，马颔下珠缨拂火。

乃是侍卫亲军、左金吾卫、上将军、殿前都指挥使刘知远。贵人走向前，应声喏，覆道：“西京符令公有书拜呈，乞赐台览。”刘太尉教人接了书，随入衙。刘太尉拆开书看了，教下书人来厅前参拜了。刘太尉见郭威生得清秀，是个发迹的人，留在帐前作牙将使唤，郭威拜谢讫。

自后过来得数日，刘太尉因操军回衙，打从桑维翰丞相府前过。是日，桑维翰与夫人在看街里，观着往来军民。刘知远头踏，约有三百余人，真是威严可畏。夫人看着桑维翰道：“相公见否？”桑维翰道：“此是刘太尉。”夫人说：“此人威严若此，想官大似相公。”桑维翰笑曰：“此一武夫耳，何足道哉？看我呼至帘前，使此人鞠躬听命。”夫人道：“果如是，妾当奉劝；如不应其言，相公当劝妾一杯酒。”桑维翰即时令左右呼召刘太尉，又令人安靴在帘里。传钧旨赶上刘太尉，取覆道：“相公呼召太尉。"刘知远随即到府前下马，至堂下躬身应喏。正是：

直饶百万将军贵，也须堂下拜靴尖。

刘太尉在堂下俟候，耽搁了半日，不闻钧旨。桑维翰与夫人饮酒，忘了发付，又没人敢去禀覆。至晚，刘太尉只得且归，到衙内焦躁道："大丈夫功名，自以弓马得之，今反被腐儒相侮。"到明日五更，至朝见处，见桑维翰下马，入阁子里去。刘知远心中大怒："昨日侮我，教我看靴尖唱喏，今日有何面目相见？"因此怀忿，在朝见处，有犯桑维翰，晋帝遂令刘知远出镇太原府。那里是刘知远出镇太原府？则是那史弘肇合当出来，发迹变泰！正是：

特意种花栽不活，等闲携酒却成欢。

刘知远出镇太原府为节度使，日下朝辞出国门。择了日，进发赴任。刘太尉先同帐下官属，带行亲随起发，前往太原府。留郭牙将在后，管押钧眷。行李担仗，当日起发。

朱旗飐飐，彩帜飘飘。带行军卒，人人腰挎剑和刀；将佐亲随，个个腕悬鞭与简。晨鸡啼后，束装晓别孤村；红日斜时，策马暮登高岭。经野市，过溪桥；歇邮亭，宿旅驿。早起看浮云陪晓翠，晚些见落日伴残霞。

指那万水千山，迤逦前进。刘知远方行得一程，见一所大林：

干笔千寻，根盘百里。掩映绿阴似障，槎牙怪木如龙。下长灵芝，上巢彩凤。柔条微动，生四野寒风；嫩叶初开，铺半天云影。阔遮十里地，高拂九霄云。

刘太尉方欲待过，只见前面走出一队人马，拦住路。刘太尉吃一惊，将为道是强人，却待教手下将佐安排去抵敌。只见众人摆列在前，齐唱一声喏。为首一人禀复道：“侍卫司差军校史弘肇，带领军兵，接太尉节使上太原府。”刘知远见史弘肇生得英雄，遂留在手下为牙将。史弘肇不则一日，随太尉到太原府。后面钧眷到，史弘肇见了郭牙将，扑翻身体便拜。兄弟两人再厮见，又都遭际刘太尉，两人为左右牙将。后因契丹灭了石晋，刘太尉起兵入汴，史、郭二人为先锋，驱除契丹，代晋家做了皇帝，国号后汉。史弘肇自此直发迹，做到单、滑、宋、汴四镇令公。富贵荣华，不可尽述。

碧油幢拥，皂纛旗开。壮士携鞭，佳人捧扇。

　　冬眠红锦帐，夏卧碧纱厨。两行红袖引，一对美
人扶。

　　这话本是京师老郎流传。若按欧阳文忠公所编的
《五代史》正传上载道：梁末调民，七户出一兵。弘肇
为兵，隶开道指挥，选为禁军，汉高祖典禁军为军校。
其后汉高祖镇太原，使将武节左右指挥，领雷州刺史。
以功拜忠武军节度使，侍卫步军都指挥使。再迁侍卫亲
军马步军都指挥使，领归德军节度使，同中书门下平章
事。后拜中书令。周太祖郭威即位之日，弘肇已死，追
封郑王。诗曰：

　　结交须结英与豪，劝君莫结儿女曹。

　　英豪际会皆有用，儿女柔脆空烦劳。

第十三卷　范巨卿鸡黍死生交

种树莫种垂杨枝，结交莫结轻薄儿。杨枝不耐秋风吹，轻薄易结还易离。君不见、昨日书来两相忆，今日相逢不相识！不如杨枝犹可久，一度春风一回首。

这篇言语是《结交行》，言结交最难。今日说一个秀才，乃汉明帝时人，姓张名劭，字元伯，是汝州南城人氏。家本农业，苦志读书；年三十五岁，不曾婚娶。其老母年近六旬，并弟张勤努力耕种，以供二膳。时汉帝求贤。劭辞老母，别兄弟，自负书囊，来到东都洛阳应举。在路非只一日。到洛阳不远，当日天晚，投店宿歇。是夜，常闻邻房有人声唤。劭至晚问店小二："间壁声唤的是谁？"小二答道："是一个秀才，害时症，在此将死。"劭曰:-"既是斯文，当以看视。"小二曰:"瘟病过人，我们尚自不去看他；秀才，你休去！"劭曰："死生有命，安有病能过人之理？吾须视之。"小二劝不住。劭乃推门而入，见一人仰面卧于土榻之上，面黄肌瘦，口内只叫："救人！"劭见房中书囊、衣冠，都是应举的行动，遂扣头边而言曰："君子勿忧，张劭亦是赴选之人。今见汝病至笃，吾竭力救之。药饵粥食，吾自供奉，且自宽心。"其人曰："若君子救得我病，容当厚报。"劭随即挽人请医用药调治。蚤晚汤水粥食，劭自供给。

数日之后，汗出病减，渐渐将息，能起行立。劭问之，乃是楚州山阳人氏，姓范，名式，字巨卿，年四十岁。世本商贾，幼亡父母，有妻小。近弃商贾，来洛阳应举。比及范巨卿将息得无事了，误了试期。范曰："今因式病，有误足下功名，甚不自安。"劭曰："大丈夫以义气为重，功名富贵，乃微末耳。已有分定，何误之有？"范式自此与张劭情如骨肉，结为兄弟。式年长五岁，张劭拜范式为兄。

结义后，朝暮相随，不觉半年。范式思归，张劭与计算房钱，还了店家。二人同行数日，到分路之处，张劭欲送范式。范式曰："若如此，某又送回。不如就此一别，约再相会。"二人酒肆共饮，见黄花红叶，妆点秋光，以助别离之兴。酒座间杯泛茱萸，问酒家，方知是重阳佳节。范式曰："吾幼亡父母，屈在商贾。经书虽则留心，奈为妻子所累。幸贤弟有老母在堂，汝母即吾母也，来年今日，必到贤弟家中，登堂拜母，以表通家之谊。"张劭曰："但村落无可为款，倘蒙兄长不弃，当设鸡黍以待，幸勿失信。"范式曰："焉肯失信于贤弟耶？"二人饮了数杯，不忍相舍。张劭拜别范式。范式去后，劭凝望堕泪；式亦回顾泪下，两各怏怏而去。有诗为证：

> 手采黄花泛酒卮，殷勤先订隔年期。
>
> 临歧不忍轻分别，执手依依各泪垂。

且说张元伯到家，参见老母。母曰："吾儿一去，音信不闻，令我悬望，如饥似渴。"张劭曰："不孝男于途中遇山阳范巨卿，结为兄弟，以此逗留多时。"母曰："巨卿何人也？"张劭备述详细。母曰："功名事，皆分定。既逢信义之人结交，甚快我心。"少刻，弟归，亦以此事从头说知，各各欢喜。

自此张劭在家，再攻书史，以度岁月。光阴迅速，渐近重阳。劭乃预先畜养肥鸡一只，杜酝浊酒。是日蚤起，洒扫草堂；中设母座，旁列范巨卿位；遍插菊花于瓶中，焚信香于座上。呼弟宰鸡炊饭，以待巨卿。母曰：

“山阳至此，迢递千里，恐巨卿未必应期而至。待其来，杀鸡未迟。”劭曰：“巨卿，信士也，必然今日至矣，安肯误鸡黍之约？入门便见所许之物，足见我之待久。如候巨卿来，而后宰之，不见我惓惓之意。”母曰：“吾儿之友，必是端士。”遂烹鬼以待。

是日，天晴日朗，万里无云。劭整其衣冠，独立庄门而望。看看近午，不见到来。母恐误了农桑，令张勤自去田头收割。张劭听得前村犬吠，又往望之，如此六七遭。因看红日西沉，现出半轮新月，母出户令弟唤劭曰：“儿久立倦矣！今日莫非巨卿不来？且自晚膳。”劭谓弟曰：“汝岂知巨卿不至耶？若范兄不至，吾誓不归。汝农劳矣，可自歇息。”母弟再三劝归，劭终不许。

候至更深，各自歇息。劭倚门如醉如痴，风吹草木之声，莫是范来，皆自惊讶。看见银河耿耿，玉宇澄澄，渐至三更时分，月光都没了。隐隐见黑影中，一人随风而至。劭视之，乃巨卿也。再拜踊跃而大喜曰：“小弟自蚤直候至今，知兄非爽信也，兄果至矣。旧岁所约鸡黍之物，备之已久。路远风尘，别不曾有人同来？”便请至草堂，与老母相见。范式并不答话，径入草堂。张劭指座榻曰：“特设此位，专待兄来，兄当高座。”张劭笑容满面，再拜于地曰：“兄既远来，路途劳困，且未

可与老母相见。杜酿鸡黍，聊且充饥。”言讫又拜。范式僵立不语，但以衫袖反掩其面。劭乃自奔入厨下，取鸡黍并酒，列于面前，再拜以进。曰：“酒肴虽微，劭之心也，幸兄勿责。”但见范于影中，以手绰其气而不食。劭曰：“兄意莫不怪老母并弟不曾远接，不肯食之？容请母出与同伏罪。”范摇手止之。劭曰：“唤舍弟拜兄，若何？”范亦摇手而止之。劭曰：“兄食鸡黍后进酒，若何？”范蹙其眉，似教张退后之意。劭曰：“鸡黍不足以奉长者，乃劭当日之约，幸勿见嫌。”范曰：“弟稍退后，吾当尽情诉之。吾非阳世之人，乃阴魂也。”劭大惊曰：“兄何故出此言？”范曰：“自与兄弟相别之后，回家为妻子口腹之累，溺身商贾中。尘世滚滚，岁月匆匆，不觉又是一年。向日鸡黍之约，非不挂心；近被蝇利所牵，忘其日期。今蚤邻右送茱萸酒至，方知是重阳。忽记贤弟之约，此心如醉。山阳至此，千里之隔，非一日可到。若不如期，贤弟以我为何物？鸡黍之约，尚自爽信，何况大事乎？寻思无计。常闻古人有云：人不能行千里，魂能日行千里。遂嘱咐妻子曰：‘吾死之后，且勿下葬，待吾弟张元伯至，方可入土。’嘱罢，自刎而死。魂驾阴风，特来赴鸡黍之约。万望贤弟怜悯愚兄，恕其轻忽之过，鉴其凶暴之诚；不以千里之程，肯为辞亲，到山阳一见吾尸，死亦瞑目无憾矣。"言讫，泪如迸泉，急离坐榻，下阶砌。劭乃趋步逐之，不觉忽踏了苍苔，颠倒于地。阴风拂面，不知巨卿所在。有诗为证：

　　风吹落月夜三更，千里幽魂叙旧盟。

　　只恨世人多负约，故将一死见平生。

张劭如梦如醉，放声大哭。那哭声，惊动母亲并弟，急起视之，见堂上陈列鸡黍酒果，张元伯昏倒于地。用水救醒，扶到堂上，半晌不能言，又哭至死。母问曰："汝兄巨卿不来，有甚利害？何苦自哭如此！"劭曰："巨卿以鸡黍之约，已死于非命矣。"母曰："何以知之？"劭曰："适间亲见巨卿到来，邀迎入坐，具鸡黍以迎。但见其不食，再三恳之。巨卿曰：为商贾用心，失忘了日期。今宵方醒，恐负所约，遂自刎而死。阴魂千里，特来一见。母可容儿亲到山阳葬兄之尸，儿明早收拾行李便行。"母哭曰："古人有云：囚人梦赦，渴人梦浆。此是吾儿念念在心，故有此梦警耳。"劭曰："非梦也，儿亲见来，酒食见在；逐之不得，忽然颠倒，岂是梦乎？巨卿乃诚信之士，岂妄报耶！"弟曰："此未可信。如有人到山阳去，当问其虚实。"劭曰："人禀天地而生，天地有五行，金、木、水、火、土，人则有五常，仁、义、礼、智、信以配之，惟信非同小可。仁所

以配木，取其生意也；义所以配金，取其刚断也；礼所以配水，取其谦下也；智所以配火，取其明达也；信所以配土，取其重厚也。圣人云：'大车无辀，小车无轨，其何以行之哉？'又云：'自古皆有死，民无信不立。'巨卿既已为信而死，吾安可不信而不去哉？弟专务农业，足可以奉老母；吾去之后，倍加恭敬；晨昏甘旨，勿使有失。"遂拜辞其母曰："不孝男张劭，今为义兄范巨卿为信义而亡，须当往吊。已再三叮咛张勤，令侍养老母。母须蚤晚勉强饮食，勿以忧愁，自当善保尊体。劭于国不能尽忠，于家不能尽孝，徒生于天地之间耳。今当辞去，以全大信。"母曰："吾儿去山阳，千里之遥，月余回，何故出不利之语？"劭曰："生如浮沤，死生之事，且夕难保。"恸哭而拜。弟曰："勤与兄同去，若何？"元伯曰："母亲无人侍奉，汝当尽力事母，勿令吾忧。"洒泪别弟，背一个小书囊，来蚤便行。有诗为证：

　　辞亲别弟到山阳，千里迢迢客梦长。

　　岂为友朋轻骨肉？只因信义迫中肠。

　　沿路上饥不择食，寒不思衣。夜宿店舍，虽梦中亦哭。每日蚤起赶程，恨不得身生两翼。行了数日，到了山阳。问巨卿何处住，径奔至其家门首。见门户锁着，问及邻人。邻人曰："巨卿死已过二七，其妻扶灵柩，往郭外去下葬。送葬之人，尚自未回。"劭问了去处，奔至郭外，望见山林前新筑一所土墙，墙外有数十人，面面相觑，各有惊异之状。劭汗流如雨，走往观之。见一妇人，身披重孝；一子约有十七八岁，伏棺而哭。元伯大叫曰："此处莫非范巨卿灵枢乎？"其妇曰："来者莫非张元伯乎？"张曰："张劭自来不曾到此，何以知名姓耶？"妇泣曰："此夫主再三之遗言也。夫主范巨卿，自洛阳回，常谈贤叔盛德。前者重阳日，夫主忽举止失措。对妾曰：我失却元伯之大信，徒生何益！常闻人不能行千里，吾宁死，不敢有误鸡黍之约。死后且不可葬，待元伯来见我尸，方可入土。今日已及二七，人劝云：'元伯不知何日得来，先葬讫，后报知未晚。'因此扶枢到此。众人拽棺入金井，并不能动，因此停住坟前，众都惊怪。见叔叔远来如此慌速，必然是也。"元伯乃哭倒于地。妇亦大恸，送殡之人，无不下泪。

元伯于囊中取钱，令买祭物，香烛纸帛，陈列于前。取出祭文，酹酒再拜，号泣而读。文曰：

> 维某年 月 日，契弟张劭。谨以炙鸡絮酒，致祭于仁兄巨卿范君之灵曰：於维巨卿，气贯虹霓，义高云汉。幸倾盖于穷途，缔盍簪于荒店。黄花九日，肝膈相盟；青剑三秋，头颅可断。堪怜月下凄

凉，恍似日间眷恋。弟今辞母，来寻碧水青松；兄亦嘱妻，伫望素车白练。故友那堪死别，谁将金石盟寒？丈夫自是生轻，欲把昆吾锷按。历千古而不磨，期一言之必践。倘灵爽之犹存，料冥途之长伴。呜呼哀哉！尚飨。

元伯发棺视之，哭声恸地。回顾嫂曰："兄为弟亡，岂能独生耶？囊中已具棺椁之费，愿嫂垂怜，不弃鄙贱，将劭葬于兄侧，平生之大幸也。"嫂曰："叔何故出此言也？"劭曰："吾志已决，请勿惊疑。"言讫，制佩刀自刎而死。众皆惊愕，为之设祭，具衣棺营葬于巨卿墓中。

本州太守闻知，将此事表奏。明帝怜其信义深重，两生虽不登第，亦可褒赠，以励后人。范巨卿赠山阳伯，张元伯赠汝南伯。墓前建庙，号"信义之祠"，墓号"信义之墓"。旌表门间。官给衣粮，以膳其子。巨卿子范纯绶，及第进士，官鸿胪寺卿。至今山阳古迹犹存，题咏极多。惟有无名氏《踏莎行》一词最好，词云：

千里途遥，隔年期远，片言相许心无变。宁将信义托游魂，堂中鸡黍空劳劝。　　月暗灯昏，泪痕如线，死生虽隔情何限。灵辂若候故人来，黄泉一笑重相见。

第十四卷　单符郎全州佳偶

郏鄏门开城倚天，周公拮构尚依然。

休言道德无关锁，一闭乾坤八百年。

这首诗，单说西京是帝王之都。左成皋，右渑池，前伊阙，后大河；真个形势无双，繁华第一。宋朝九代建都于此。

今日说一桩故事，乃是西京人氏，一个是邢知县，一个是单推官。他两个都在孝感坊下，并门而居。两家宅眷，又是嫡亲姊妹，姨丈相称，所以往来甚密。虽为各姓，无异一家。先前两家未做官时节，姊妹同时怀孕，私下相约道："若生下一男一女，当为婚姻。"后来单家生男，小名符郎；邢家生女，小名春娘。姊妹各对丈夫说通了，从此亲家往来，非止一日。符郎和春娘幼时常在一处游戏，两家都称他为小夫妇。以后渐渐长成，符郎改名飞英，字腾实，进馆读书；春娘深屋绣阁。各不相见。

其时宋徽宗宣和七年，春三月，邢公选了邓州顺阳县知县，单公选了扬州府推官，各要挈家上任。相约任满之日，归家成亲。单推官带了夫人和儿子符郎，自往扬州去做官，不题。却说邢知县到了邓州顺阳县，未及半载，值金鞑子分道入寇。金将斡离不攻破了顺阳，邢知县一门遇害。春娘年十二岁，为乱兵所掠，转卖在全州乐户杨家，得钱十七千而去。春娘从小读过经书及唐诗千首，颇通文墨，尤善应对。鸨母爱之如宝，改名杨玉，教以乐器及歌舞，无不精绝。正是：

> 三千粉黛输颜色，十二朱楼让舞歌。

只是一件，他终是宦家出身，举止端详。每诣公庭侍宴，呈艺毕，诸妓调笑谑浪，无所不至。杨玉嘿然独立，不妄言笑，有良人风度。为这个上，前后官府，莫不爱之重之。

话分两头。却说单推官在任三年，时金虏陷了汴京，徽宗、钦宗两朝天子，都被他掳去。亏杀吕好问说下了伪帝张邦昌，迎康王嗣统。康王渡江而南，即位于应天府，是为高宗。高宗惧怕金虏，不敢还西京，乃驾幸扬州。单推官率民兵护驾有功，累迁郎官之职，又随驾至杭州。高宗爱杭州风景，驻跸建都，改为临安府。有诗为证：

山外青山楼外楼，西湖歌舞几时休？

暖风熏得游人醉，却把杭州作汴州。

话说西北一路地方，被金虏残害，百姓从高宗南渡者，不计其数，皆散处吴下。闻临安建都，多有搬到杭州入籍安插。单公时在户部，阅看户籍册子，见有一"邢祥"名字，乃西京人。自思："邢知县名祯，此人名祥，敢是同行兄弟？自从游宦以后，邢家全无音耗相通，正在悬念。"乃遣人密访之，果邢知县之弟，号为"四承务"者。急忙请来相见，问其消息。四承务答道："自邓州破后，传闻家兄举家受祸，未知的否。"因流泪不止，单公亦愀然不乐。念儿子年齿已长，意欲别图亲事；犹恐传言未的，媳妇尚在，且待干戈宁息，再行探听。从此单公与四承务仍认做亲戚，往来不绝。

再说高宗皇帝初即位，改元建炎；过了四年，又改元绍兴。此时绍兴元年，朝廷追叙南渡之功，单飞英受父荫，得授全州司户。谢恩过了，择日拜别父母起程，往全州到任。时年十八岁，一州官属，只有单司户年少，且是仪容俊秀，见者无不称羡。上任之日，州守设公堂酒会饮，大集声妓。原来宋朝有这个规矩：凡在籍娼户，谓之官妓；官府有公私筵宴，听凭点名，唤来祗应。这一日，杨玉也在数内。单司户于众妓中，只看得他上眼，大有眷爱之意。诗曰：

> 曾绾红绳到处随，佳人才子两相宜。
>
> 风流的是张京兆，何日临窗试画眉？

司理姓郑，名安，荥阳旧族，也是个少年才子。一见单司户，便意气相投。看他顾盼杨玉，已知其意。一日，郑司理去拜单司户，问道："足下清年名族，为何单车赴任，不携宅眷？"单司户答道："实不相瞒，幼时曾定下妻室，因遭虏乱，存亡未卜，至今中馈尚虚。"司理笑道："离索之感，人孰无之？此间歌妓杨玉，颇饶雅致，且作望梅止渴，何如？"司户初时逊谢不敢，被司理言之再三，说到相知的分际，司户隐瞒不得，只得吐露心腹。司理道："既才子有意佳人，仆当为曲成之耳。"自此每遇宴会，司户见了杨玉，反觉有些避嫌，不敢注目；然心中思慕愈甚。司理有心要玉成其事，但惧怕太守严毅，做不得手脚。

如此二年。旧太守任满升去，新太守姓陈，为人忠厚至诚，且与郑司理是同乡故旧。所以郑司理屡次在太守面前，称荐单司户之才品，太守十分敬重。一日，郑司理置酒，专请单司户到私衙清话，只点杨玉一名祗候。这一日，比公堂筵宴不同，只有宾主二人，单司户才得饱看杨玉，果然美丽！有词名《忆秦娥》，词云：

> 香馥馥，樽前有个人如玉。人如玉，翠翘金凤，内家妆束。

> 娇羞惯把眉儿蹙，逢人只唱伤心曲。伤心曲，一声声是，怨红愁绿。

郑司理开言道："今日之会，并无他客，勿拘礼法。当开怀畅饮，务取尽欢。"遂斟巨觥来劝单司户，杨玉清歌侑酒。酒至半酣，单司户看着杨玉，神魂飘荡，不能自恃；假装醉态不饮。郑司理已知其意，便道："且请到书斋散步，再容奉劝。"那书斋是司理自家看书的所在，摆设着书、画、琴、棋，也有些古玩之类。单司户那有心情去看，向竹榻上倒身便睡。郑司理道："既然仁兄困酒，暂请安息片时。"忙转身而出，却教杨玉斟下香茶一瓯送去。单司户素知司理有玉成之美，今番见杨玉独自一个送茶，情知是放松了。忙起身把门掩上，双手抱住杨玉求欢。杨玉佯推不允，单司户道："相慕小娘子，已非一日，难得今番机会。司理公平昔见爱，就使知觉，必不嗔怪。"杨玉也识破三分关窍，不敢固却，只得顺情。两个遂在榻上，草草的云雨一场。有诗为证：

　　相慕相怜二载余，今朝且喜两情舒。

　　虽然未得通宵乐，犹胜阳台梦是虚。

单司户私问杨玉道："你虽然才艺出色，偏觉雅致，不似青楼习气，必是一个名公苗裔。今日休要瞒我，可从实说与我知道，果是何人？"杨玉满面羞惭，答道："实不相瞒，妾本宦族，流落在此，非杨姬所生也。"司户大惊，问道："既系宦族，汝父何官何姓？"杨玉不觉双泪交流，答道："妾本姓邢，在东京孝感坊居住，幼年曾许与母姨之子结婚。妾之父授邓州顺阳县知县，不幸胡寇猖獗，父母皆遭兵刃，妾被人掠卖至此。"司户又问道："汝夫家姓甚？作何官职？所许嫁之子，又是何名？"杨玉道："夫家姓单，那时为扬州推官。其子小名符郎，今亦不知存亡如何。"说罢，哭泣不止。司户心中已知其为春娘了，且不说破，只安慰道："汝今日鲜衣美食，花朝月夕，勾你受用。官府都另眼看觑，谁人轻贱你？况宗族远离，夫家存亡未卜，随缘快活，亦足了一生矣。何乃自生悲泣耶？"杨玉蹙额答道："妾闻女子生而愿为之有家，虽不幸风尘，实出无奈。夫家宦族，即使无恙，妾亦不作团圆之望。若得嫁一小民，荆钗布裙，啜菽饮水，亦是良人家媳妇，比在此中迎新送旧，胜却千万倍矣。"司户点头道："你所见亦是。果有此心，我当与汝作主。"杨玉叩头道："恩官若能拔妾于苦海之中，真乃万代阴德也。"说未毕，只见司理推门进来道："阳台梦醒也未？如今无事，可饮酒矣。"司户道："酒已过醉，不能复饮。"司理道："一分酒醉，十分心醉。"司户道："一分醉酒，十分醉德。"大家都笑起来，重来筵上，洗盏更酌，是日尽欢而散。

过了数日，单司户置酒，专请郑司理答席，也唤杨玉一名答应。杨玉先到，单司户不复与狎昵，遂正色问曰："汝前日有言，为小民妇亦所甘心。我今丧偶，未有正室，汝肯相随我乎？"杨玉含泪答道："枳棘岂堪凤凰所栖。若恩官可怜，得蒙收录，使得备巾栉之列，丰衣足食，不用送往迎来，固妾所愿也。但恐他日新孺人性严，不能相容，然妾自当含忍。万一征色发声，妾情愿持斋侫佛，终身独宿，以报恩官之德耳。"司户闻言，不觉惨然，方知其厌恶风尘，出于至诚，非诳语也。

少停，郑司理到来，见杨玉泪痕未干，戏道："古人云乐极生悲，信有之乎？"杨玉敛容笑道："忧从中来，不可断绝耳！"单司户将杨玉立志从良说话，向郑司理说了。郑司理道："足下若有此心，下官亦愿效一臂。"这一日，饮酒无话。

席散后，单司户在灯下修成家书一封，书中备言岳丈邢知县全家受祸，春娘流落为娼，厌恶风尘，志向可悯。男情愿复联旧约，不以良贱为嫌。单公拆书观看，大惊，随即请邢四承务到来，商议此事，两家各伤感不已。四承务要亲往全州，主张亲事；教单公致书于太守，求为春娘脱籍。单公写书，付与四承务收讫，四承务作别而行。

不一日，未到全州，径入司户衙中相见，道其来历。单司户先与郑司理说知其事，司理一力撺掇，道："谚云：贵易交，富易妻。今足下甘娶风尘之女，不以存亡易心，虽古人高义，不是过也。"遂同司户到太守处，将情节告诉；单司户把父亲书札呈上。太守看了，道："此美事也，敢不奉命？"次日，四承务具状告府，求为释贱归良，以续旧婚事，太守当面批准了。

候至日中，还不见发下文牒。单司户疑有他变，密使人打探消息。见厨司正在忙乱，安排筵席。司户猜道："此酒为何而设？岂欲与杨玉举离别觞耶？事已至此，只索听之。"少顷，果召杨玉祗候，席间只请通判一人。酒至三巡，食供两套。太守唤杨玉近前，将司户愿续旧婚，及邢祥所告脱籍之事，一一说了。杨玉拜谢道："妾一身生死荣辱，全赖恩官提拔。"太守道："汝今日尚在乐籍，明日即为县君，将何以报我之德？"杨玉答道："恩官拔人于火宅之中，阴德如山，妾惟有日夕吁天，愿恩官子孙富贵而已。"太守叹道："丽色佳音，不可复得。"不觉前起抱持杨玉说道："汝必有以报我。"那通判是个正直之人，见太守发狂，便离席起立，正色发作道："既司户有宿约，便是孺人，我等俱有同僚叔嫂之谊。君子进退当以礼，不可苟且，以伤雅道。"太守踧踖，谢道："老夫不能忘情，非判府之言，不知其为过也。今得罪于司户，当谢过以质耳。"乃令杨玉入内宅，与自己女眷相见。却教人召司理、司户二人，到后堂同席，直吃到天明方散。

太守也不进衙，径坐早堂，便下文书与杨家翁、媪，教除去杨玉名字。杨翁、杨媪出其不意，号哭而来，拜着太守诉道："养女十余年，费尽心力。今既蒙明判，不敢抗拒。但愿一见而别，亦所甘心。"太守遣人传语杨玉。杨玉立在后堂，隔屏对翁、妪说道："我夫妻重会，也是好事。我虽承汝十年抚养之恩，然所得金帛已多，亦足为汝养老之计。从此永诀，休得相念。”妪兀自号哭不止，太守喝退了杨翁、杨妪。当时差州司人从，自宅堂中抬出杨玉，径送至司户衙中；取出私财十万钱，权佐资奁之费。司户再三推辞，太守定教受了。是日，郑司理为媒，四承务为主婚，如法成亲，做起洞房花烛。有诗为证：

> 风流司户心如渴，文雅娇娘意似狂。
>
> 今夜官衙寻旧约，不教人话负心郎。

次日，太守同一府官员，都来庆贺，司户置酒相待。四承务自归临安，回复单公去讫。司户夫妻相爱，自不必说。

光阴似箭，不觉三年任满。春娘对司户说道：“妾失身风尘，亦荷翁妪爱育；其他姊妹中相处，也有情分契厚的。今将远去，终身不复相见。欲具少酒食，与之话别，不识官人肯容否？”司户道：“汝之事，合州莫不闻之，何可隐讳？便治酒话别，何碍大体？”春娘乃设筵于会胜寺中，教人请杨翁、杨妪，及旧时同行姊妹相厚者十余人，都来会饮。至期，司户先差人在会胜寺等候众人到齐，方才来禀。杨翁、杨妪先到，以后众妓陆续而来。

从人点客已齐，方敢禀知司户，请孺人登舆。仆从如云，前呼后拥，到会胜寺中，与众人相见。略叙寒暄，便上了筵席。饮至数巡，春娘自出席送酒。内中一妓，姓李，名英，原与杨姬家连居。其音乐技艺，皆是春娘教导。常呼春娘为姊，情似同胞，极相敬爱。自从春娘脱籍，李英好生思想，常有郁郁之意。是日，春娘送酒到他面前，李英忽然执春娘之手，说道："姊今超脱污泥之中，高翔青云之上，似妹子沉沦粪土，无有出期，相去不啻天堂、地狱之隔，姊今何以救我？"说罢，遂放声大哭。春娘不胜凄惨，流泪不止。原来李英有一件出色的本事：第一手好针线，能于暗中缝纫，分际不差。正是：

> 织发夫人昔擅奇，神针娘子古来稀。

> 谁人乞得天孙巧？十二楼中一李姬。

春娘道："我司户正少一针线人，吾妹肯来与我作伴否？"李英道："若得阿姊为我方便，得脱此门路，是一段大阴德事。若司户左右要觅针线人，得我为之，素知阿姊心性，强似寻生分人也。"春娘道："虽然如此，但吾妹平日与我同行同辈，今日岂能居我之下乎？"李英道："我在风尘中，每自退姊一步，况今日云泥迥隔，又有嫡庶之异；即使朝夕奉侍阿姊，比于侍婢，亦所甘心。况敢与阿姊比肩耶？"春娘道："妹既有此心，奴当与司户商之。"

当晚席散。春娘回衙，将李英之事对司户说了。司户笑道："一之为甚，岂可再乎！"春娘再三撺掇，司户只是不允，春娘闷闷不悦。一连几日，李英遣人以问安奶奶为名，就催促那事。春娘对司户说道："李家妹情性温雅，针线又是第一，内助得如此人，诚所罕有。且官人能终身不纳姬侍则已，若纳他人，不如纳李家妹，与我少小相处，两不见笑。官人何不向守公求之？万一不从，不过拚一没趣而已，妾亦有词以回绝李氏。倘侥幸相从，岂非全美！"司户被孺人强逼数次，不得已，先去与郑司理说知了，捉了他同去见太守，委曲道其缘故。太守笑道："君欲一箭射双雕乎？敬当奉命，以赎前此通判所责之罪。"当下太守再下文牒，与李英脱籍，送归司户。司户将太守所赠十万钱，一半给与李姬，以为赎身之费；一半给与杨姬，以酬其养育之劳。自此春娘与李英姊妹相称，极其和睦。当初单飞英只身上任，今日一妻一妾，又都是才色双全，意外良缘，欢喜无限。后人有诗云：

官舍孤居思黯然，今朝彩线喜双牵。

符郎不念当时旧，邢氏徒怀再世缘。

空手忽擎双块玉，污泥挺出并头莲。

姻缘不论良和贱，婚牒书来五百年。

单司户选吉起程，别了一府官僚，挈带妻妾，还归临安宅院。单飞英率春娘拜见舅姑，彼此不觉伤感，痛哭了一场。哭罢，飞英又率李英拜见。单公问是何人，飞英述其来历。单公大怒，说道："吾至亲骨肉，流落失所，理当收拾，此乃万不得已之事。又旁及外人，是何道理？"飞英皇恐谢罪，单公怒气不息，老夫人从中劝解，遂引去李英于自己房中，要将改嫁。李英那里肯依允，只是苦苦哀求。老夫人见其至诚，且留作伴。过了数日，看见李氏小心婉顺，又爱他一手针线，遂劝单公收留与儿子为妾。

单飞英迁授令丞。上司官每闻飞英娶娼之事，皆以为有义气；互相传说，无不加意钦敬，累荐至太常卿。春娘无子，李英生一子，春娘抱之，爱如己出。后读书登第，遂为临安名族。至今青楼传为佳话。有诗为证：

山盟海誓忽更迁，谁向青楼认旧缘？

仁义还收仁义报，宦途无梗子孙贤。